한림신서 일본현대문학대표작선 11

전원의 우울

한림신서 일본현대문학대표작선 ⑪

사토 하루오 지음 · 유숙자 옮김

전원의 우울

小花

전원의 우울

한림신서 일본현대문학대표작선 ⑪

초판인쇄　1999년 5월 10일
초판발행　1999년 5월 15일

지은이　사토 하루오
옮긴이　유숙자
발행인　고화숙
발　행　도서출판 소화
등　록　제13-412호
주　소　서울시 영등포구 영등포동 94-97
전　화　677-5890, 636-6393
팩　스　636-6393

ISBN 89-8410-119-2
ISBN 89-8410-108-7 (세트)

잘못된 책은 언제나 바꾸어 드립니다.

값 5,500원

차례

사토 하루오(佐藤春夫, 1892~1964).

시인이요, 저명한 평론가, 수필가, 작가로서 그의 다방면에 걸친 재능은 일찍이 그의 문학적 스승 이쿠타 조코(生田長江)조차 '천재'라 부르길 주저하지 않았다. 그리고 그는 그림에도 관심을 보였는데, 직접 그린 「자화상」, 「정물」이 二科展에 입선한 경력이 있다. 시인이 쓴 회화적 소설 두 편이라고 할까, 그것이 여기에 실은 「스페인 개가 있는 집」(1917)과 「전원의 우울」(1919)이다. 두 작품 모두 작가의 대표작으로 이렇다 할 스토리는 없이 다만 우리의 감성에 직접 호소해 오는 특징이 있다.

「스페인 개가 있는 집」은 작가 나이 25세 때 발표되었다. 작품 전체에 흐르는 근대적 요소는 자기고백적인 자연주의 문학이 주류를 이루면서 어느 정도 막다른 길목에 처해 있던 당시의 일본 문학계에서는 볼 수 없었던 전혀 새로운 문학의 등장을 예고하는 것이었다. 그 새롭고 신선함은 우선, 처음으로 서구적인 근대 작품이 쓰여졌다는 것, 그리고 처음으로 근대인의 심리적 내면 풍경이 그려졌다는 점에서 찾아볼 수 있다.

'꿈꾸는 기분을 즐기는 이들을 위한 단편'이라는 부제가 달린 「스페인 개가 있는 집」은 우리를 환상적인 세계로 초대한다. 작가는 후라테를 따라, 독자는 작가를 따라 고즈넉한 숲 속으로 저도 모르게 마냥 이끌려 간다. 잡목림 안의 집 한 채. 거기엔 신비로운 분위기로 가득차 있다. 과연 어떤 이가 사는 집일까. 호기심이 일지 않을 수 없다. 그러나 거기엔 스페인 개 한 마리가 주인인 양 그 집을 지키고 있을 뿐이다. 아니 아니, 어쩌면 그 집주인은 바로 스페인 개일지도 —. 당황하는 독자를 남겨둔 채 작가는 애견을 데리고 떠나지만, 순간 흥건히 고여 오는 비현실적 환타지 속에 침잠해 보는 달콤함은 고스란히 우리들 몫이리라.

「전원의 우울」은 작가가 1916년 4월, 동거하던 여성과 애견 두 마리, 고양이 한 마리를 데리고 이 작품의 무대인 가나가와현(神奈川縣) 中里村으로 주거를 옮겼을 때, 거기서 쓴 작품이다. 이 소설이 완성되기까지의 우여곡절은 작가 자신 그 '후기'에 상세히 밝히고 있거니와, 이를 통해 우리는 이 작품에 쏟은 작가의 애정과 심혈, 그리고 자신감을 충분히 감지할 수 있다. 오늘날 거의 고전화되어 있고 발표 당시에도 압도적 호평을 받은 이 작품으로, 사토 하루오는 빛나는 신진 작가로서의 지위를 확고히 굳히게 되었다.

「전원의 우울」은 시인적 감성과 자의식이 풍부한 한 청년의 전원생활을 그리면서 인생의 권태를 다룬 최초의 작품이다. 주인공은 바로 작가 자신이며, 이 시기의 작가의 내적 생활을 섬세한 필치로 묘사한, 이를테면 정신적 풍경화라 할 수 있을 것이다. 이때의 경험을 사토 하루오는 다음과 같이 말한 바 있다. "마침내 전원으로 가 보니, 거기엔 이야기 나눌 벗도 읽을 만한 서적도 없었다. 눈은 저절로 전원의 자연을 향했다. 적어도 수채화 도구라도 있었으면 하고 자주 생각했으나, 그것마저 없었으므로 나는 나 자신의 눈으로 마음속에 그리는 걸로 만족해야만 했다. 이런 식으로 외부를 향한 눈을 자신의 내부를 향해 스스로 자신에게 말을 건네는 것이 이곳에서의 유일한 생활이었다. 처음에는 안팎을 두루 보던 것이, 나중에는 내부와 외부가 하나가 되었다. 언제쯤 이었는지 알 수 없지만, 나는 어느새 인간보다도 개나 고양이, 언덕, 꽃들과 이야기 나누고 있었다. 그것이 나는 즐거웠다. 내게 맞는 생활이었던 것 같다."

드라마틱한 줄거리를 요구하는 독자에게는 더없이 무미건조하고 지루하게 읽힐 「전원의 우울」은 그러나 감성의 촉

수가 예민하게 돋아 있는 이에겐 뿌리치기 힘든 흡인력으로
가슴에 와 닿는 매력이 있다. "여기에는 여자의 운명이 이야
기되는 것도 아니며, 개의 삽화가 그려지는 것도 아닌 시종
일관 과분하게 넘쳐 흐르는 사고에 내맡겨진 한 예술가가
자신의 육감적 표출을 모색하면서 바람과 비와 불과 공간
사이에서 몸부림친다. 끊임없는 환각, 예감, 초조, 모색. 이 근
대의 병폐를 너무나 예민하게, 너무나 은혜롭게 이어받은 예
술가가 그 참신함과 풍성함으로 인해 뜻밖의 경박한 의상을
걸친 채로나마, 광대한 자연과 인간의 찬가에 합류하게 되는
보기 드문 치유의 문학이다."(檀一雄)

「전원의 우울」에서 주인공의 불안한 심상 풍경은 음지에
핀 '병든 장미'로 상징된다. "그대 장미여, 꽃피워라"라는 괴
테의 시구는 곧 그의 간절한 열망의 표현이며, "오오, 장미,
그대 병들도다"라는 브레이크의 시구는 바로 무위와 권태로
운 일상 속에 벌레먹은 주인공의 심리다. 한편, 「스페인 개가
있는 집」과 「전원의 우울」에 나타난 작품의 분위기는 작가
사토 하루오가 시인인 동시에 화가이기도 한 사실과 무관하
지 않은데, 조숙하고 다재다능한 문학청년의 실력이 유감없
이 발휘된 것이라 볼 수 있다.

그렇다면 이러한 사토 하루오의 예술적 천분은 어디에 기
인하는가. 우선 그의 출생지 와카야마(和歌山)의 혜택받은

자연풍물이다. 그리고 무엇보다도 조상 대대로(9대째) 의업을 이어온 전통 있는 가문의 장남으로 태어나, 시가를 즐기는 집안 분위기 속에서 비교적 자유분방한 유년 시절을 보냈다는 점이 지적된다. 사토 하루오의 부친은 일찌감치 자식의 문학적 재능을 인식했으며 자유로운 성장을 돕고 지켜보았다. 그리하여 이미 중학 시절부터 문학자로서의 꿈을 키운 작가가 게이오(慶応)대학에 입학하여 5년 간 한 번밖에 진급 못한 채, 제멋대로 퇴학하거나 무명의 여배우와 동거해도 탓하지 않고 간과해 준 점은, 자식에 대한 깊은 신뢰감과 더불어 당시의 엄격한 가족제도 및 메이지(明治) 시대 사회를 고려할 때 매우 보기 드문 경우에 속한다 할 것이다. 개인의 인격 형성에 있어 환경의 중요성을 굳이 강조하지 않더라도, 작가 사토 하루오로서는 더없이 행복한 환경이었다고 하지 않을 수 없다.

사토 하루오가 게이오대학 문학부에 들어간 것은 탐미주의 문학의 대가 나가이 가후(永井荷風)의 가르침을 받기 위해서였는데, 이는 그의 소설가로서의 특징을 미리 가늠케 해준다. 또한 대표적인 탐미주의 작가의 한 사람인 다니자키 준이치로(谷崎潤一郎)와의 만남과 절교, 그리고 다니자키의 전(前)부인 고바야시 지요코(小林千代子)와의 오랜 정신적 연애를 거친 결혼은 유명하다.

「전원의 우울」에 이어 사토 하루오는 그 자매편이라 할 「도시의 우울」(1922)을 발표했다. 「도시의 우울」에도 작가의 분신이라 할 주인공, 배우인 아내, 두 마리 애견(후라테와 레오는 이미 우리에게도 친숙하다)이 그대로 등장한다. 유령고개라 불리는 고개중턱에 자리잡은 햇볕 들지 않는 집에서의 문학청년 오자와 미네오(尾澤峯雄)의 무위권태한 나날—

끝으로 역자로서 개인적 소감 한마디.

'근대적 개성이 강한 서정적 산문'이라 할 사토 하루오의 독특한 문체를 제대로 번역하기란 쉽지 않았다. 그대로 직역하자니 어색하고 서툰 문장이 되어 버리고, 너무 우리말에 신경쓰다 보면 작품의 맛이 그만 달아나고…. 이래저래 번역 도중 내내 자신의 어휘표현의 빈약함을 절감하는 수밖에.

다자이 오사무(太宰治)의 『만년(晩年)』에 이어 두번째 번역이다. 두 작품 모두 작가의 개성과 재능이 번뜩이는 20대의 소산이며 성과다. 작업의 고충은 생각 못하고 이 작품들을 처음 대했을 때의 전율과도 같은 감동을 잊지 못해, 눈 딱 감고 욕심을 내었다. 힘들었지만, 그래도 내겐 여러모로 고마운 소설이다.

재차 번역의 기회를 주신 한림대학교 일본학연구소 소장 지명관 교수님을 비롯, 늘 격려로 지켜봐 주시는 고려대학교

서연호 교수님, 김춘미 교수님께 이 자리를 빌어 진심으로
감사드린다. 사무적인 일로 수고해 준 히구치 요코(樋口容子)
씨에게도 고마움을 전한다.

　번역텍스트로「스페인 개가 있는 집」은『현대일본문학대
계 42 佐藤春夫集』(筑摩書房, 1969)을,「전원의 우울」은『전
원의 우울』(新潮社, 1967)로 했다. 그리고「전원의 우울」에 나
오는「파우스트」일부 번역은『세계문학전집 7 파우스트』
(박찬기 역, 삼성출판사, 1984)의 것으로 했음을 밝혀 둔다.

1999년 2월 1일

俞淑子

스페인 개가 있는 집
(꿈꾸는 기분을 즐기는 이들을 위한 단편)

스페인 개가 있는 집
(꿈꾸는 기분을 즐기는 이들을 위한 단편)

후라테(개이름)는 황급히 달려나가 발굽대장간 옆으로 꺾이는 갈림길 근처에서 나를 기다리고 있다. 이 개는 매우 영리하며, 나의 오랜 친구인데 내 아내는 물론 대다수의 다른 인간들보다도 훨씬 영리하다고 나는 믿는다. 그래서 언제든지 산책하러 나갈 때면, 꼭 후라테를 데리고 나간다. 녀석은 때때로 예상 밖의 장소로 나를 데리고 간다. 하여, 요즘 나는 산책을 할 때면 스스로 어디로 갈까 따위는 생각지 않고 이 개가 가는 방향으로 말없이 따라가기로 정해 놓고 있는 셈이다. 발굽대장간 옆길로 나는 여태 한 번도 걸어보지 않았다. 좋아, 개의 안내에 따라 오늘은 그곳을 걷자. 그래서 나는 모퉁이를 돈다. 그 좁은 길은 길다란 언덕길로, 더러 굉장히

꼬불꼬불하다. 나는 그 길로 개를 따라가며 경치를 본다거나 생각하는 일조차 없이 그저 무심히 공상에 잠겨 걷는다. 가끔 하늘을 쳐다보고 구름을 본다. 언뜻 길가의 풀꽃이 눈에 띈다. 나는 그 꽃을 뜯어 코 끝으로 냄새를 맡아 본다. 무슨 꽃인지 알 수 없지만 좋은 향기다. 손으로 뜯어 빙글빙글 돌리면서 걷는다. 그러자 후라테는 어쩌다가 그걸 발견하고는 잠시 멈춰 서서 고개를 갸우뚱하며 내 눈 속을 들여다본다. 갖고 싶다는 표정이다. 그래서 꽃을 던져 준다. 개는 땅에 떨어진 꽃을 잠깐 냄새 맡아 보고, 에이, 비스켓이 아니잖아라고 말하는 듯하다. 그리곤 다시 황급히 달려 나간다. 이런 식으로 나는 두 시간 가까이 걸었다.

걷다 보니 우리는 상당히 높은 곳으로 올라온 것 같다. 그곳은 일종의 전망대여서 탁 트인 넓은 밭 아래로 멀리 어느 도시인지 알 수 없는 도시가 구름과 안개 사이로 어렴풋이 보인다. 오래 그곳을 바라보고 있었는데 확실히 도시임에 틀림없다. 그렇긴 하나 저 방향에 저 정도의 주택이 있는 곳이라면, 도대체 어디일까. 나는 적이 어리둥절한 느낌이 든다. 그러나 나는 이 근처 일대의 지리를 전혀 모르니 이해가 안되는 것이 당연할지도. 그건 그렇다치고 헌데 뒤쪽은, 하고 주의해서 보니 그곳은 아주 완만한 경사여서 멀리 가면 갈수록 낮아지는 듯하고 아무래도 전체가 잡목림 같다. 그 잡목림은 꽤 깊은가 보다. 그리고 그리 굵지 않은 많은 나뭇가지 한 쪽을 비추는 정오 무렵의 부드러운 봄 햇살이, 느릅나무, 떡갈나무, 밤나무, 자작나무 등, 방금 싹 틔운 싱그러운 이파리 틈새로 연기처럼 혹은 내음처럼 흘러 들어와, 그 나뭇가지며 땅에 생긴 음지와 양지의 배합이 뭐라 말할 수 없을 정도로 아름답다. 나는 이 잡목림 속으로 들어가고 싶어졌다. 이 숲 속은 헤치고 나가야 할 정도의 깊은 초원도 아니어서 가려고 마음만 먹으면 어려울 건 없기 때문이다.

내 친구 후라테도 나와 똑같은 생각인 것 같다. 그는 기쁜 듯이 자꾸자꾸 숲 속으로 들어간다. 나도 그 뒤를 따랐다. 약 한 블록 정도 지나왔다고 생각될 즈음, 개는 지금까지의 걸음걸이와는 다른 발걸음이 되었다. 한가로운 지금까지의 산책 태도와 달리 새빠르고 민첩하게 발을 움직인다. 코를 앞쪽으로 내밀고 있다. 뭔가 발견한 게 틀림없다. 토끼 발자국일까, 아니면 수풀 속의 새 둥지이기라도 한 걸까. 여기저기 조급하게 왔다갔다 하더니, 개는 이제 기야 할 길을 발견한 모양으로 곧장 나아가기 시작했다. 나는 약간 호기심을 가지고 그 뒤를 따라갔다. 우리는 때때로 교미하고 있는 가지 끝의 들새를 화들짝 놀라게 했다. 이렇게 해서 빠른 걸음으로 가기를 삼십 분 정도, 개는 돌연 멈춰 섰다. 동시에 나는 졸졸 흐르는 물소리를 들은 느낌이 든다(아무튼 이 일대는 샘이 많은 지방이다). 개는 귀를 신경질적으로 흔들며 4, 5미터 가량 되돌아와 다시 땅냄새를 맡더니, 이번엔 왼쪽으로 꺾어 걷기 시작했다. 생각보다 숲이 깊은 데에 적잖이 놀랐다. 이 지방에 이토록 넓은 잡목림이 있으리라고는 생각지 못했는데, 이 정도라면 이 숲은 2, 3정보(町步)는 될지도 모른다. 개의 낌새도 그렇고 끝없이 이어지는 숲을 대하자, 나는 호기심으로 가득찼다. 이렇게 해서 다시 이삼십 분 정도 가다가 개는 또다시 멈춰 섰다. 그러자 멍, 멍! 하고 짧게 두 번 짖었다. 그때까지 미처 발견하지 못하고 있던 집 한 채가 바로 눈앞에 있는 것이다. 그런데 좀 이상하군, 이런 곳에 딱 하나 인가가 있다니. 그것이 숯 굽는 오두막이 아닌 다음에야.

얼핏 보기에, 이 집은 따로 마당 같은 건 없이 다만 당돌하게 그 숲 속에 섞여 있다. 이 '숲 속에 섞여 있다'는 표현은 이 경우 가장 적합하다. 방금 말한 대로 나는 바로 눈앞에서 이 집을 발견한 것이어서, 멀리서는 어떻게 보이는지 알리가 없다. 게다가 어쩌면 이 집은 지세(地勢)나 위치를 고려해 볼 때 웬만큼 먼 곳에서는 보이지도 않을 거라고 생각된다. 가까이 가니, 특별히 색다른 집인 것 같지도 않다. 다만이 집은 풀로 이은 집이긴 한데 일반 농가와는 다소 분위기가 다르다. 이 집은 창이 모두 유리로 된 서양식이기 때문이다. 여기서 입구가 안 보이는 걸로 보아, 우리는 지금 아마

이 집의 뒷모습과 옆모습을 마주하고 서 있는 것 같다. 그 모서리 부분에서 양쪽 벽 반쯤을 뒤덮은 담쟁이 덩굴만이, 말하자면 이 집을 여기서 바라보는 모습에 다소 풍취와 흥미를 돋우는 장식이며, 그 외는 일견 극히 소박한, 이런 숲에 흔히 있을 법한 집이다. 나는 처음에, 이건 이 숲을 지키는 오두막이 아닐까 생각했다. 그렇다면 좀 너무 크다. 또 일부러 이런 집을 지어서까지 지켜야 할 정도의 숲도 아니다, 하고 생각을 고쳐 처음에 받아들였던 생각을 부정했다. 어쨌든 나는 이 집에 들어가 보자. 길을 잃었다 하고, 차 한잔 대접받아 가져온 도시락으로 우리는 우리의 공복을 채우자. 이렇게 생각하고 이 집의 정면이라고 생각되는 쪽으로 걸어 나갔다. 그러자 지금까지 눈에만 주의가 쏠린 탓에 잊혀져 있던 귀의 감각이 움직여, 나는 개울이 가까이 있음을 알았다. 아까 졸졸 흐르는 물소리를 들었다고 생각한 것은 이 근처쯤이었으리라.

정면으로 돌아와 보니, 그곳도 한 면의 숲을 마주하고 있었다. 다만 여기서 한 가지 기이한 일은, 이 집 입구는 집 전체의 조화를 생각해 볼 때 터무니없이 사치스럽고 멋진 돌계단이 바로 네 개나 놓여 있는 것이었다. 그 돌은 집의 다른 부분보다도 어떤 까닭인지 오래 되어서 군데군데 이끼가 돋아 있다. 그리고 정면인 남쪽 창 아래엔 집 벽을 따라 일렬로, 사시사철 필 것 같은 작고 붉은 장미꽃이 보란 듯이 흐드러지게 피어 있었다. 그뿐이 아니다. 그 장미숲 밑에는 띠만한 폭으로 반짝반짝 햇살에 빛을 내며 물이 흘러내리는 것이다. 그것이 얼핏 보기에 아무래도 이 집 안에서 흘러내린다고밖에 생각되지 않는다. 내 부하 후라테는 이 물을 아주 맛있게 실컷 마시고 있었다. 나는 한 번의 눈길에 이러한 것들을 내 눈동자에 새겨 넣었다. 그리고 나는 조용히 돌계단을 올랐다. 고즈넉한 이 주변 세계에 대해 내 구두소리는 정적을 깨지 않을 만큼 울려퍼졌다. 나는 "난 지금, 은자(隱者), 아니면 마법사의 집을 방문하고 있는 거라구" 하고 스스로에게 장난을 걸어 보았다. 그리고 내 개를 보니, 그는 달리 이상할 것도 없는 듯, 빨간 혀를 늘어뜨리고 꼬리를 흔들었다.

나는 똑똑 하고 서양식 문을 서양식으로 두드려 보았다. 안에서는 아무런 응답도 없다. 나는 다시 한 번 같은 동작을 되풀이하지 않으면 안 되었다. 안에서는 역시 응답이 없다. 이번에는 누가 있느냐고 불러 보았다. 여전히 아무 반응이 없다. 부재중일까, 빈 집일까 생각하는 동안 나는 적이 불쾌해졌다. 그래서 살그머니 발소리를 죽여—뭣 때문인지는 알 수 없지만—장미가 있는 쪽 창에 서서, 발돋음을 하고 안을 둘러보았다.

창에는 이 집의 외견과는 어울리지 않게 멋진, 거무스름한 적갈색에 군데군데 파란 선이 보이는 묵직한 커튼이 쳐져 있었는데, 반쯤 묶여 있는 상태라 방안은 잘 보였다. 진기하게도, 이 방 중앙에는 돌로 조각된 커다란 수반이 있어, 그 높이는 바닥에서 2자(尺) 남짓한데, 한가운데에서 물이 솟아나와 수반 가장자리에는 연신 물이 넘치고 있다. 그리고 수반에는 푸른 이끼가 돋아나, 그 부근의 바닥—이것도 역시 돌이었다—은 조금 젖어 있는 듯하다. 이 넘치는 물이 장미 안에서 반짝반짝 빛을 내며 뱀처럼 빠져 나오는 물이라는 것은 나중에 생각해 보고야 알았다. 나는 이 수반에는 적잖이 놀랐다. 좀 특이한 집이라고는 아까부터 짐작하긴 했어도 이렇듯 정체를 알 수 없는 구조일 거라고까지는 예상하지 못했기 때문이다. 그래서 내 호기심은 한층 주의깊게 집 내부를 창 너머로 관찰하기 시작했다. 바닥도 돌이다, 무슨 돌인진 몰라도, 푸르스름한 돌로 물에 젖은 부분은 아름다운 청색이었다. 아무렇게나 잘린 자연 그대로의 면을 이용해 깔아 놓았다. 입구에서 가장 안쪽 벽, 여기도 돌로 된 벽난로가 있고, 그 오른쪽에는 선반이 삼 단 정도 있는데, 무슨 접시 같은 게 쌓여 있거나 진열되어 있다. 그것과 반대쪽에—지금, 내가 엿보고 있는 남쪽 창 세 개 가운데 가장 안쪽 구석 창 밑에 큼직한 생나무 그대로인 벌거숭이 탁자가 있고, 그 위에는…… 뭐가 있는 건지 얼굴을 바싹 갖다 붙여도 유리 때문에 깊이 들여다볼 수 없으니까 알 수 없다. 아니, 기다려, 이건 물론 빈 집이 아냐, 뿐만 아니라 바로 조금 전까지 사람이 있었음에 틀림없어. 왜냐하면, 그 큼직한 탁자 한쪽 구석의 피우다 만 담배에서 나오는 실연기가 너무도 조용하게 2자 정도 똑바로 피어 올라, 거기서 한 번 흔들렸다가 그리곤 점점 위로 갈수록 흐트러지는 것이 보이는 게 아닌가.

나는 이 연기를 보고 지금까지 뜻밖의 일들만 일어나는 통에 그만 잊고 있었던 담배를 떠올렸다. 그래서 나도 한 개 피 꺼내 불을 붙였다. 그리고 어떻게든 해서 이 집 안으로 들어가 보고 싶다는 호기심을 억누를 수 없게 되었다. 곰곰이 생각하는 동안, 나는 결심했다. 이 집 안으로 들어가자. 부재 중이라도 좋으니 들어가 보자, 만약 주인이 돌아오면 나는 정직하게 그 이유를 말하는 거다. 이렇게 유별난 생활을 하는 사람이니까, 그렇게 말해도 뭐라고 안 하겠지. 오히려 환영해 줄지도 모른다. 그러고 보면 지금까지 쓸데없는 짐이었던 이 화구상자가 내가 도둑이 아니라는 증거로서 도움이 되겠지. 나는 배짱좋게 생각하고 이렇게 결심했다. 그래서 다시 한 번 입구 계단을 올라 혹시나 싶어 말을 걸며 살짝 문을 열었다. 문에는 따로 자물쇠도 잠겨 있지 않았으니까.

나는 들어가자마자 엉겁결에 두세 걸음 뒷걸음질쳤다. 입구 가까이 창문 양지 쪽에 시커먼 스페인 개가 있는 게 아닌가. 턱을 바닥에 찰싹 붙이고 몸을 둥글게 해서 졸고 있던 녀석이, 내가 들어오는 것을 보고 교활하게 슬며시 눈을 뜨고는, 느릿느릿 일어났기 때문이다.

이걸 본 나의 개 후라테는, 으르렁거리며 그 개 쪽으로 나아갔다. 그리고 둘 다 잠시 계속 으르렁거렸는데, 이 스페인 개는 의외로 유순한 녀석인 듯, 양쪽 모두 서로 코로 냄새를 맡고 나서는 먼저 꼬리를 흔들기 시작했다. 그래서 내 개도 꼬리를 흔들었다. 그런데 스페인 개는 다시 원래의 바닥 위에 몸을 눕혔다. 내 개도 곧 그 옆에 똑같이 누웠다. 처음 만나는 동성끼리의 개와 개 사이에 이런 화해는 좀처럼 얻기 힘든 것이다. 이것은 내 개가 온순한 데에도 기인하지만 무엇보다 상대 개의 관대함을 칭찬해야 할 것이다. 그래서 나는 안심하고 들어갔다. 이 스페인 개는 이런 종(種)의 개 치고는 꽤 덩치가 크고, 예의 이런 종 특유의 북실북실한 털이 있는 큰 꼬리를 휙하고 엉덩이 위로 감아올리는 폼은 상당히 훌륭하다. 그러나 털의 윤기나 얼굴 표정으로 미루어 봐서 어지간히 늙은 개라는 것이, 개에 대해 어느 정도 알고 있는 나로서는 짐작할 수 있었다. 나는 그에게로 다가가서 바로 이곳의 주인인 그에게 인사를 하고 경의를 표하기 위해, 그의 머리를 쓰다듬었다. 대개 개라는 동물은 인간이 못살게

구는 들개가 아닌 다음에야 쓸쓸한 곳에 있는 개일수록 사
람을 그리워하는 법으로, 난생 처음 보는 사람이라도 친절한
사람에게는 결코 상처를 입히는 일이 없음을 나는 경험으로
믿고 있다. 더구나 그들에게는 필연적인 본능이 있어서 개를
좋아하는 이와 개를 괴롭히는 이를 금방 알아보는 것이다.
내 생각은 틀리지 않았다. 스페인 개는 기뻐하며 내 손바닥
을 핥았다.

그렇긴 해도 도대체 이 집의 주인은 어떤 작자일까. 어디
에 간 걸까. 곧 돌아올까. 들어와 보니 아닌 게 아니라 마음
에 좀 걸렸다. 그래서 들어오긴 했어도 나는 잠시 저 커다란
돌 수반 곁에 멈춰 선 채로 있었다. 그 수반은 역시 밖에서
본 대로 높이는 무릎 정도까지밖에 되지 않았다. 가장자리
두께는 두 치 정도이고 그 가장자리를 따라 다시 가느다란
홈이 세 방향으로 나 있다. 넘치는 물은 그곳을 흘러 수반 바
깥쪽을 따라 떨어져 내리게 된다. 과연, 이런 지세로는 이렇
게 물을 끌어오는 방법도 가능해진다. 이 집은 틀림없이 이
걸 평소의 식수로 하고 있는 게 아닐까. 아무래도 그저 장식
만은 아닐 거라고 생각된다.

도대체 이 집은 이 방 단 하나로 여러 개의 방을 겸하고
있는 듯하다. 의자가 모두 하나, 둘, 셋밖에 없다. 수반 옆과
벽난로, 그리고 탁자를 마주하여 각각 하나씩. 어느것도 다

만 걸터앉을 수 있게만 만들어져 있고 별반 솜씨를 부린 구석은 찾아볼 수 없다. 둘러보는 동안 나는 점점 대담해졌다. 그러고 보니 이 조용한 집의 맥박처럼 시계가 초를 새기는 소리가 들린다. 어디에 시계가 있는 걸까. 짙은 주황색 벽 어디에도 없다. 아아 저거다, 저 예의 큼직한 탁자 위의 탁상시계다. 나는 이 집의 현 주인이라고 보아야 할 스페인 개에 다소 신경을 쓰면서 탁자 쪽으로 걸어갔다.

탁자 한쪽 구석에는 과연 창밖에서 본 대로, 지금은 하얗게 다 타 버린 담배가 한 개비 있었다. 시계는 문자판 위에 그림이 그려져 있고 그 장난감 같은 취향이 너무도 이 방의 반쯤 야만적인 분위기와 대조를 이룬다. 문자판 위에는 귀부인과 신사, 그리고 또 한 남자가 있어 이 남자는 1초에 한 번씩 이 신사의 왼쪽 구두를 닦는 것이다. 바보 같긴 해도, 그 그림이 재미있었다. 귀부인의 주름많고 가선을 두른 커다란 옷자락이 땅에 끄는 모양 하며, 실크햇을 쓴 신사의 구레나룻 양식 따위는, 외국 풍속을 모르는 내 눈에도 이미 반세기나 시대가 뒤처져 보인다. 헌데 불쌍한 것은 이 구두닦이다. 그는 이 평온한 집안, 또 그 안의 작은 별세계에서 밤이고 낮이고 이렇게 한 쪽 구두만 닦고 있는 것이다. 나는 보고 있는 동안 이 단조롭게 계속되는 동작에 내 어깨가 결려옴을 느낀다. 그리고 시계가 가리키는 시간은 1시 15분 — 한 시간이나 늦는 것 같다. 책상에는 먼지투성이 책이 5, 60권 쌓여 있고 따로 네다섯 권은 흩어져 있었다. 모두 그림책이거나 건축 아니면 지도책으로 보이는 대형 책뿐이었다. 제목을 보니, 독일어인 듯 나는 읽을 수 없었다. 벽에는 원색의 바다 액자가 걸려 있다. 본 적이 있는 그림인데, 이런 색은 휘슬러 (James Abbott McNeill Whistler, 1834~1903 : 미국의 화가 — 역주) 가 아닐까…… 나는 이 액자가 여기 걸려 있는 것에 찬성했다. 하긴, 사람이 이런 산중에 있으면서 그림이라도 보지 않으면 세계에 바다가 있다는 사실조차 잊어버릴지도 모를 일 아닌가.

나는 돌아가려고 생각했다. 이 집 주인은 조만간 다시 만나러 오기로 하고. 그래도 사람이 없을 때 들어왔다가 사람이 없을 때 돌아가는 것은 어쩐지 께름칙했다. 하여 차라리 주인이 돌아오기를 기다리자는 마음이 된다. 그래서 수반에서 물이 솟아오르는 것을 보면서 담배를 한 모금 피웠다. 그런 다음 나는 그 솟아오르는 물을 오랫동안 응시했다. 이렇게 일심으로 그것을 계속 바라보고 있자니, 왠지 먼 음악소리에 귀 기울이고 있는 듯한 기분이 든다. 황홀해진다. 어쩌면 이 끊임없이 솟구치는 물 밑바닥으로부터, 정말로 음악이 들려 온 건지도 모른다. 그만큼 이상한 집이기도 하니까. 어쨌든 이 집의 주인이란 어지간히 괴짜임에 틀림없다. ……

잠깐만, 나는 립 밴 윙클(Rip Van Winkle : 19세기 미국 작가 워싱턴 어빙의 소설 주인공—역주)이 아닐까. ……돌아가 보면 아내는 할머니가 되어 있다. ……불쑥 이 숲을 나가 "K마을은 어디였지요?" 하고 농부에게 물으면 "뭐요? K마을이라 그런 곳은 이 근처엔 없습니다요"라고 듣게 생겼는 걸. 그렇게 생각하니 나는 문득 빨리 집으로 돌아가 보자 하는 묘한 기분이 되었다. 그래서 나는 문 쪽으로 걸어가 휘파람으로 후라테를 부른다. 지금까지 일거일동을 주시한 듯한 느낌이 드는 저 스페인 개는 꼼짝 않고 내가 돌아가는 것을 배웅해 주고 있다. 나는 겁이 났다. 이 개는 여태까지는 온순한 척하다가 돌아가려니까 왕, 하고 뒤에서 물어뜯지는 않을까. 나는 스페인 개를 조심하면서 후라테가 나오기를 기다리다 못해 허둥지둥 문을 닫고 나왔다.

헌데, 돌아가는 길에 다시 한 번 집 내부를 보아 둘까 하고 발돋움해서 창으로 들여다보니, 예의 시커먼 스페인 개는 느릿느릿 일어나 큰 책상 쪽으로 걸으면서, 내가 있는 줄은 모르는지,

"아아, 오늘은 묘한 녀석 때문에 깜짝 놀랐는 걸."

하고, 사람 목소리로 말한 듯한 느낌이 들었다. 이상한데라고 생각하면서 흔히 개가 하듯 하품을 했나 싶었는데, 내가 눈깜짝하는 사이, 녀석은 50쯤 되어 보이는 안경 낀 검은

옷차림의 중노인이 되어 큰 책상 앞 의자에 기댄 채, 유유히 입에는 아직 불붙이지 않은 담배를 물고 그 큰 책 한 권을 펴, 페이지를 넘기고 있는 것이었다.

따끈따끈한 참으로 따스한 봄날의 오후다. 고즈넉한 산, 잡목림 안이다.

전원의 우울

신음의 세계에
나는 홀로 살았네
내 영혼은 썩은 채 고여 있는 물결이었네

(I dwelt alone
In a world of moan,
And my soul was a stagnant tide)

에드거 앨런 포우(*Edgar Allan Poe*)

전원의 우울

그 집이 지금, 그의 눈앞에 나타났다.

처음엔 원기왕성하게 먼지를 일으키며 주인을 앞서거니 뒤서거니 뛰어다니며 감기던 그의 두 마리 개가, 이윽고 유순해져 그의 뒤를 나란히 잠자코 따라올 무렵이다. 높은 숲 아래 길이 문득 크게 굽어졌을 때,

"아아, 겨우 다 왔군요."

라고 말하고, 그들의 안내자인 빨간머리 뚱보 여자가 한 손으로 햇볕에 그을린 이마에서 뚝뚝 떨어지는 땀을 때묻은 수건으로 닦으며, 다른 한 손으로는 그들의 행선지 쪽을 가리켰다. 남자처럼 굵은 그 손가락 끝을 따라 그들의 눈동자가 떨어진 곳에는, 거무스름한 짙은 초록 속에 파묻혀 현기

증 나게 들뜬 여름 아침 햇살을 받아 안정감 있게, 묵직한 잿빛으로 빛나는 조촐한 새이엉 지붕이 있었다.

그것이 그가 이 집을 본 최초의 기회였다. 그때 그와 그의 아내는 각자 이 풀지붕 위에 떠돌던 그들의 눈동자를 상대방에게 돌려 눈동자와 눈동자로 대화를 나누었다 ―

"좋은 집인 듯한 예감이 드는데."

"네. 저도 그렇게 생각해요."

그 풀지붕을 응시하며 걸었다. 이 집이라면 언젠가 먼 예전에, 꿈에선가 환각으로 아니면 질주하는 기차 창문으로였던가, 한 번 본 적이 있는 듯하다고 그는 생각했다. 그 풀지붕을 초점으로 한 시야는, 실제로 어디에서나 흔히 볼 수 있는 평범한 시골의 옆얼굴이었다. 게다가 그것이 오히려 지금 그의 마음을 끌어당겼다. 지금 그가 동경하는 것이 그런 곳에 있었기 때문이다. 그리고 그가 이 지방을 자신의 거주지로 택한 것 역시 바로 이 이유에서였다.

넓은 무사시노(武蔵野)가 이미 그 남단에서 끝날 무렵, 그것이 드디어 산촌의 지세(地勢)로 들어가려는 변화 ― 말하자면 산촌으로부터의 희미한 여정을 띤 에필로그이며, 이윽고 큰 들판으로 파도치는 프롤로그이기도 한 이 작은 언덕들은 시선이 가 닿는 한 여기저기 기복을 이루며 그것이 만들어 내는 볼품없는 풍경 사이를 뚫고 한 줄기 평탄한 도로

가 동에서 서로, 또 다른 도로가 북에서 남으로 통한 근처에, 그 길을 따라 수풀 우거진 농촌이 하나 있고, 초라한 풀지붕이 몇 개쯤 있었다. 그건 T, Y, H라는 큰 도시를 바로 6, 7리 이웃에 둔, 이를테면 세 개의 세찬 회오리바람 경계에 생긴 진공처럼, 세기(世紀)로부터 방치되고, 세계로부터 잊혀지고, 문명으로부터는 뒤처진 채 우두커니 남아 있는 것이었다.

  기실, 그가 최초로 이런 길 위에서 한없이 즐겁고 또한 드물게 마음이 편안해진 자신을 발견한 것은 같은 해 늦봄의 어느 날이었다. 이런 장소에 이 정도의 산골이 있음을 알고 그는 우선 놀랐다. 더욱이 그 평온한 주위의 풍물은 그에게 새로웠다. 원래 그가 태어난 남쪽 어느 반도는 거친 바다와 험한 산이 격렬히 맞물려 돌아가고 그 사이에서 인간이 보잘것없으나 현명하게 살고 있는 소도시였다. 그곳의 클라이맥스가 도시 옆을 흐르는 급류천이 뗏목을 길게 띄워 밀치고 거친 바다 쪽으로 북적대며 떠내려 보내는 희곡적 풍경이었다면 이 언덕의 연속, 하늘과 잡목림과 논과 밭과 종달새가 있는 마을은 실로 자그만 산문시였다. 전자(前者)의 자연이 그의 준엄한 아버지라고 한다면, 후자(後者)의 그것은 자식에게 후한 그의 어머니였다. '돌아온 탕아'에 자신을 비유한 그는, 숨막히는 도시 한가운데에 있으면서 부드럽고 상냥한, 그래서 평범한 자연 속으로 녹아들고 싶다는 간절한 바람을 꽤 오래 전부터 갖고 있었다. 오오! 거기에는 클래식처럼 평온한 행복과 기쁨이 사람을 기다리고 있음에 틀림없다. Vanity of vanity, vanity, all is vanity! "헛되고 헛되도다, 헛되도다, 모든 것이 헛되도다." 어쩌면 그렇지 않다고 해도……. 아니 이유는 아무것도 없었다. 다만 도시 한복판에서는 숨이 막혔다. 인간의 무게로 눌려 짜부러짐을 느꼈다. 그곳에 두기엔 그는 너무나 예민한 기계다, 그곳이 그를 어쩔 수 없이 예민하게 만든다. 그뿐 아니다, 주위의 소란스런 봄이 그를 한층 고독하게 했다. "아아, 이런 밤에는 어디든 좋아, 한적한 풀지붕 시골집 방 어두운 빨간 램프 그림자 아래, 손도 발도 마음껏 뻗고 모든 걸 잊어버리는 깊은 잠에 빠지고 싶다"라는 심정이 환한 백열등 아래, 납작돌이 깔린 길을 피로에 지친 방랑자 같은 발걸음으로 걷는 그의 마음속에서 애타게 솟구치는 일이 참으로 자주 있었다. "오오! 깊은 잠, 나는 그걸 모르게 된 지 벌써 몇 년이 되나? 깊은 잠! 그건 곧 종교적 법열이다. 내가 지금 가장 원하는 것은 그것이다. 숙면의 법열이다. 즉 육체가 참으로 살아 있는 사람의 법열이다. 나는 우선 그걸 원한다. 그것이 있는 곳으로 가자. 자, 빨리 가자!" 그는 자신의 마음속에서 그렇게 중얼거렸다. 또는 소리내어 중얼거리기조차 했다. 그리하여 좀처럼 억누르기 힘든, 향수와도 같은 뭐라 말할 수 없는 마음이, 그 어디인지도 알 수 없는 장소로 자신을 데리고 가라고 재촉하는 것이었다……(그는 노인의 지혜와 청년다운 감정, 거기다 어린이의 의지를 갖춘 청년이었다).

그 집이 지금, 그의 눈앞에 나타난 것이다.

길 오른쪽에는 길을 따라 한 줄기 작은 도랑이 있었다. 길이 크게 굽으면 도랑도 따라서 크게 굽었다. 물은 그 안을 흘러가고 흘러오는 것이다. 잡목 산자락, 감나무 옆, 마굿간 옆, 대숲 아래, 오동나무 밭이나 한쪽 구석에 불쑥 크게 핀 백합과 접시꽃이 핀 농가 마당 앞을 지나 폭이 6자(尺) 정도인 이 도랑은, 사실은 논에 물을 대기 위한 관수였지만 멀리 산간지대에서 온 상류천의 물을 곧바로 끌어낸 만큼, 그 아름다움이란 계류(溪流)라 부르고 싶을 정도다. 푸른 잎사귀를 투명하게 내리쬐는 햇살이 한층 그렇게 생각하게 했다. 밑에 깔린 진흙을 씻어내리고, 죄다 씻어내어 흙탕 하나 일으키지 않고 얕게 흘러가는 물은, 때때로 뭔가에 막혔다가 번쩍번쩍 터무니없이 크게 빛을 내는가 하면, 비단주름처럼 섬세하게 혹은 어쩌다 약하게 움칠움칠 경련하는 발작처럼 반짝거리는 것이었다. 또는 그 작은 섬광이 군데군데 물고기 비늘처럼 서로 겹쳐 있는 곳도 있었다. 시원한 바람이 낮게 불어와 수면에 미끌어질 때, 그곳은 순간적으로 가느다란 은박으로 빛났다. 억새나, 이미 오래 전에 연인에게 심정을 호소하는 센티멘털한 희고 작은 꽃을 잃어버린 저 한 무더기 찔레숲이나, 그 밖에 이름도 없는 그러나 제각각 꽃이나 열매를 맺는 풀이며 관목이 도랑 양쪽에서 서로 엉키듯 우거져서 뒤덮고, 물은 그러한 풀의 터널을 지나갔다. 그리고 그 그림자를 검고 서늘하게 떠올리며 천천히 흘러갔다. 어떤 때, 물은 그만 흐름을 멈추고 고였다. 그건 나그네가 자신이 온 쪽을 뒤돌아보며 멈춰 선 것과 흡사했다. 그럴 때는 터키석 같은 여름 오전의 하늘을 터키 옥색으로—혹은 옆에서 비춰 본 유리색을 띠고 있었다. 쾌활한 잠자리는 물의 흐름과 미풍을 거슬러 수면에 닿을락 말락 가볍게 질주하고, 가끔 그 꼬리를 물에 담궈 알을 낳았다. 그 잠자리는 미풍을 타고 잠시 동안은 그들과 같은 방향에 그들과 비슷한 속도로 일행을 좇듯 따르고 있었으나, 어느 틈에 그만 하늘 쪽으로 높이 날아올랐다. 그는 물을 보고 또 하늘을 보았다. 그 잠자리를 불러 축복하고 싶은 어린애 같은 단순함이 자신의 마음속에 솟아남을 그는 알 수 있었다. 그리고 이 즐거운 물줄기가 저 집 앞을 흐르고 있을 거라고 생각하니 그는 기뻤다.

극심한 더위는 괴롭다, 즐겁다라는 표현인 양 나뭇잎 하나하나가 보석의 한 단면처럼 반짝반짝거리고, 그 아래에서 매미가 타는 듯 신음했다. 작열하는 태양은 하늘 한가운데쯤 떠 있었다. 그러나 그의 아내는 더위를 그다지 느끼지 않았다. 하지만 그의 아내에게서 더위를 막은 것은 머리 위 수국 빛깔의 수국 자수가 있는 파라솔 — 가난한 부인의 덮개 — 이 아니었다. 그것은 그녀의 사색이었다. 그녀는 지금 걸으면서 생각에 잠겨 있다, 더위를 몸에 느낄 틈이 없을 만큼. 그녀는 생각했다 — 그렇게 하면 지금 세들어 있는 절방에 따갑게 내리쬐는 서쪽해로부터 시원한 곳으로 벗어날 수 있다. 그보다도 저 천하고 속악한 욕심쟁이에다 수다스런 주지 마누라로부터 벗어날 수 있다. 그리고 조용히 시원하게, 둘은 둘만이 말하고 싶은 것만을 말하고 말하고 싶지 않은 것은 일절 말하지 않고 지내고 싶다, 살고 싶다. 그러면 바람처럼 붙들기 어렵고 바다처럼 지나치게 민감한 이 사람의 마음도 기분도 조금은 안정이 되겠지. 그토록 애써 시골을 동경해 왔으면서 얼마 안 되긴 해도 일부러 사들인 자기 밭뙈기를 어떻게 이용할까 따위는 생각지도 않고 (그건 애당초 그러리라고 짐작했지만) 그보다 책 한 줄 보지도 않고 글 한 자 쓰려고도 않고, 무엇 하나 손에 잡히지 않는 모양이다. 그리고 만약 이런 이야길 꺼내기라도 하면 틀림없이 호통칠 게 뻔하다, 그러잖아도 이젠 완전히 틀렸다고 방치된 상태다 — 특히 나와의 너무 이른 무리한 결혼 이후 더욱 그렇게 생각하는 부모에 대한 마음 씀씀이도 없이, 그저 되는 대로 — 그렇지 않다고 저이 스스로는 말해도, 어쨌든 되는 대로 그날 그날의 꿈을 꾸며 지내는 것이다. 언제 지을지 기약 없는 집 도면을, 게다가 실용적인 구석이라곤 한 군데도 없는 것을 몇 장이고 몇 십 장이고 그것도 너무나 상세하게 그리는가 하면, 느닷없이 마당으로 뛰어나가 개 흉내를 내며 개와 함께 뜨거운 풀숲 열기로 가득한 초원을 기어다니다가 구르다가, 그런가 하면 돌연 째지는 듯한 큰소리로 웃거나 소리치기도 하는 이이는, 정말이지 뭔가 굉장히 쓸쓸한 거겠지. 무엇 하나 나에겐 얘기해 주지 않으니 알 턱이 없다. 뭔가 내게 숨기고 있는 건 아닐까……. 그녀는 대엿새 전에 읽은 도손(일본 근대작가 시마자키 도손〈島崎藤村, 1872~1943〉을 말함 ― 역주)의 「봄」을 떠올렸다. 단순한 그녀의 머리는 제 남편의 천분을 의심해 보는 일 같은 건 모른 채, 남편에 대해 소설 속의 한 사람이 자기 눈앞에 ― 생활 곁으로, 그 책 속에서 빠져 나온 것으로 생각해 보았다. ……그렇게 넘치는 자신감을 지닌 예술상의 일 따윈 잊어버리고 내팽개치고 정말로 이 시골에서 일생을 썩힐 작정일까. 이이는 정말이지 얼마나 이상한 꿈을 꾸고 싶어하는 건지. ……그렇다 해도, 이이는 타인에겐 몹시 친절하고 상냥하게 기분좋게 대하면서 어째서 이렇게까지 내겐 까다로운 걸까. 혹여, 저이의 어떤 여자에 대한 옛사랑이 아직 바래기도 전에 내가 저이의 가슴속으로 들어갔고, 때문에 저이는 잠시 그 여자를 잊고 있긴 했어도 뿌리깊게 남아 있던 그 사랑이 어느새 다시 나를 젖혀 두고 다시 싹을 틔운 건 아닐까. 그래서 내게 못되게 군 다……. 지금 이대로는 필시 당사자도 괴로울 텐데, 무엇보 다 옆에 있는 사람이 견딜 수 없다. 대답이 마음에 들지 않는 다고 나뒹굴 정도로 발로 채이고, 얻어맞고, 뭐가 마음에 들 지 않는 건지 이틀이고 사흘이고 한마디도 입을 열려고 하 지 않다가……. 저 이는 분명 나와의 결혼을 후회하고 있는 거다. 적어도 만약 내가 아니고 그 여자와 함께 산다면 얼마 나 행복할 것인가 하고 가끔 생각하고 있음에 틀림없다. 생 각할 뿐만 아니라, 실제로 나를 향해 그렇게 말한 적조차 있 다 — "그때, 내가 그 여자, 그 순결하고 순진한 아가씨와 맺 어지기만 했다면, 그 사람이 나를 잘 통일시켜 주어 나는 지 금쯤 여러 가지 의미에서 훨씬 아름답고 보다 나은 생활을 할 수 있었을 텐데"라고……. 실제로 그 여자는 나도 알지만, 나보다 더 아름답고 더 상냥하다. 나는 그이가 그 여자를 얼 마나 깊이 생각하고 있는지 잘 알고 있다……아니, 아니, 그 렇지 않다. 저이는 역시 저이 스스로 뭔가 다른 것을 생각하 고 있는 거다……그렇다, 남편은 "그냥 날 내버려둬"라고 했었지……

문득,

"내게 상냥한 감정이 없는 건 아냐. 나는 다만 그걸 말로

표현하는 게 부끄러운 거야. 난 그런 성격으로 태어난 거라
구."

　그녀는 어젯밤, 여느 때와 달리 털어놓고 그가 말했을 때
그녀를 향한 남편의 말을 떠올리자, 그 말을 반추하면서 걸
었다. 그리고 아직 본 적이 없는 방 구조 등을 생각했다. 가
령 신혼의 꿈으로부터 일찌감치 깨어난 무렵이라도, 이 더위
속에서 단지 이사한다는 한 가지 동기로나마 기분이 평소보
다 훨씬 생기를 띠고, 이런 걸 생각하면서 슬퍼하고 기뻐하
고 위로받을 수 있는 것은, 아직 세상을 조금도 모르는 어린
아내의 특권이기 때문이었다. 그리고 그것이 또한 저 안내하
는 여자가 쉴 새 없이 계속 지껄여대는 그 집 유래에 대해
아무런 흥미도 없는 듯, 그저 퉁명스럽게 건성 대답을 하고
있을 뿐인 까닭이기도 하다. — 이 안내 여자는 그 긴, 더위
로 괴로운 길 내내 장황하게 지껄이며 쉬지 않았다. 이 여자
는 자기가 흥미를 갖는 것이라면 누구에게나 당연히 굉장히
재미있을 거라고 믿는 단순한 사람들 중의 하나였으니까.

　이런 길을 그들은 10리 정도 걸었다.

　그리고 그 집은, 이제 그들 일행의 눈앞에 와 있었다.

　집 앞에는 과연 도랑이 흐르고 있었다. 작은 흙다리(土橋)
하나가 울창해진 잡초 속으로 한 가닥 가늘게 사람들이 지
나간 자국을 남기고, 그 위를 걷는 사람들을 너비 2미터 남

짓 되는 도랑을 건너게 하여 그 집 입구로 인도한다.

입구 왼쪽에는 큰 감나무가 있었다. 그리고 안쪽에도 있었다. 이들 나무의 자유자재로 휘청거리게 휘어진 굵은 가지는, 올려다본 사람의 눈에 "나는 오랫동안 여기 서 있다. 이젠 열매를 맺는 일도 드물어졌다"라고 신상을 알리고 있었다. 그 늙은 줄기에는 큰 가지 아래에 기생목(寄生木)이 돋아 있었다. 그 나무 오른쪽에는 집 대지와 같은 땅인 오동나무밭을 구획짓는 좁은 도랑이 있었다. 무슨 물일까, 물이 말라 가늘게—그 좁은 도랑 일부분을 더욱 가늘게 흘러 허리띠보다 더 가늘게, 물은 쪼르륵쪼르륵 헐떡거리며 지나고 있었다. 습기찬 장소 가득, 하늘색 달개비꽃이 우거져 있었다. 또 아이들이 '별사탕'이라 부르는 과자모양을 한, 붉고 부시도록 흰 작은 꽃이랑 또 '빨강밥'이라고 아이들이 부르는 화초 등도 이 달개비꽃에 섞여 일대에 만발하고 있었다. 그것은 그리운 동심을 불러일으키는 수풀이었다. 낮 동안은 개똥벌레 집이 될 풀숲에는, 잎에 하얀 세로줄 무늬가 선명하게 물든 갈대가 늘씬하게 열 대여섯 그루나 한 곳에 모여, 상쾌하고 긴, 그리고 폭 넓은 잎새를 바람에 나부끼며 쏴아쏴아 소리를 냈다. 대지 안쪽에서 흘러나온 물은 이러한 수풀 줄기를 거쳐 갈대의 짧은 마디마디를 깨끗이 씻어내며 구비구비 풀어 헤친 비단실 다발처럼 윤기를 내고 찰랑찰랑 흔들

며 흘렀다. 그리고 가냘프게 길쭉한 어느 풀잎을 돋아난 채
로 쓰러뜨리고 그 풀 때문에 잠깐 흐름이 막히게 된 이 조촐
한 물은, 그 풀잎을 따라 보다 큰 길가의 도랑 속으로 물시계
의 물처럼 똑 똑 떨어져 내렸다. 그는 이 집 뒤에 작고 깨끗
한 샘이 있을 것 같다고 느꼈다―그런 지세(地勢)이기도 했
으니까.

집 뒤쪽은 산으로 이어지는 대숲이었다. 대숲 속에는 멋
지고 키 큰 동백이 이 청초한 대숲 속의 이단자인 양 거북스
럽게 서 있었다. 집 마당은 키 큰―사람 키보다 큰 비쭈기
나무 생울타리로 둘러쳐져 있었다. 집 전체는 손가락으로 가
리키며 보았을 때 그랬던 것처럼, 눈앞에 두고 보아도 우거
질 대로 내버려둔 나뭇가지에 파묻혀 멋대로 풀 위에 덩그
러니 있었다.

개는 한 마리씩 흙다리 옆으로 내려가 관수용 물을 교대
로 맛 보았다.

그는 그 흙다리를 건너려고도 하지 않고 「三徑就荒」(중국
시인 도연명의 「歸去來辭」 중의 구절, 은둔자의 주거가 황폐하다
는 뜻―역주)이라 읊고 싶은 이 집을, 사려깊게 한참을 바라
보았다.

"이봐, 괜찮지? 입구에 선 기분이."

그는 이 집 주변으로부터 한거(閑居)라든가 은서(隱棲)라

할 심정에 상응하는 어떤 정취를 얼마간 습득하고 나서, 아내를 향해 이렇게 말했다.

"그러네요. 하지만 너무 황량해서. 집안으로 들어가 보지 않고서는…."

그의 아내는 다소 불안한 듯, 그리고 영리하게도 변덕스런 남편을 타이를 때 모든 아내들이 하는 말투로 그렇게 대답했다. 그러나 곧 생각을 고쳐,

"그래도 지금 절에 있을 걸 생각하면 어디든 좋아요."

방금 마신 물로 갑자기 기운을 얻은 두 마리 개는 주인들보다도 한 발 앞서 마당 안으로 뛰어 들어갔다. 소나무 밑둥의 짙은 그림자를 택한 두 마리 개는 내 것인 양 흙 위에 길게 몸을 눕혔다. 그들은 얼굴을 내밀어 아랫턱부터 목 부분을 땅에 납자히 붙이고 양쪽에서 같은 모양으로 얼굴을 나란히 마주했다. 그리고 거의 똑같은 자세로 몸을 굽혀 뒷다리를 내던진 모습은, 참으로 사랑스런 대칭이었다. 마당에 들어온 그들 수인들의 얼굴을 빨간 혀를 늘어뜨리고 괴로운 숨을 내뱉으며 천진스런 눈으로 바라보고는 조용히 즐거운 듯 꼬리를 흔들어 보였다. 너무도 침착해 보이는 그 모습은, 여기는 이제 우리들 집이라는 것을 그들 주인보다 먼저 충분히 예감하고 있는 것처럼, 그에게는 보였다. 만약 이때, 아내가 그의 옆에 있었다면 그는 이렇게 말했으리라 —

"거봐, 후라테도 레오(둘 다 개 이름)도 찬성하고 있다구."

그렇지만 그의 아내는 안내하는 여자와 함께 툇마루의 오랫동안 닫혀 있던 문을 열기 위해 열쇠로 열쇠 구멍을 달그락달그락거리고 있다.

나무라는 나무는 우거질 대로 우거져 초록은 몇 겹이고 포개져 있었다. 뒤엉킨 가지와 가지는 그물코가 되고 벽이 되고 처마가 되어, 마당은 거의 볕이 들지 않았다. 땅내음은 검은 지면에서 냉랭하게 솟아 나왔다. 그는 발치에서 피어오르는 그 땅내음을 향기를 맡는 사람처럼 관능을 곤두세워 깊숙이 느껴 보았다—절그럭절그럭 시원한 소리를 내는 열쇠다발 소리가 그치고 툇마루 문이 열릴 때까지.

*

"겨우 집다워졌네."

어제, 대문 앞에서 깨끗이 씻어낸 장지를 그의 아내는 서툰 솜씨로 발랐다. 마지막 한 장을 다 발랐을 때, 그걸 다실(茶室)과 중간방 사이 문턱에 끼우려고 서 있는 남편의 뒷모습을 보며, 아내는 만족스럽고 환한 얼굴로 그렇게 말했다.

"겨우 집다워졌네." 그녀는 똑같은 말을 되풀이했다. "다다미는 곧 바꾸러 온다 하고…… 하지만 난 정말 싫었어요,

그저께 처음 이 집을 봤을 때 말예요. 이런 집에 사람이 살 수 있을까 해서."

"설마, 여우나 너구리가 살진 않겠지."

"그래도 온통 띠로 뒤덮인 폐가예요. 아니면 귀뚜라미 집. 그때 다다미 위 가득 깡충깡충 도망다니던 귀뚜라미는 또 어떻고. 무서울 정도였어요."

"띠로 뒤덮인 폐가라, 띠로 뒤덮인 폐가 그거 괜찮군.……이봐, 앞으로 이 집을 '雨月草舍'라고 부르는 게 어때?"

(그들 두 사람은—아내는 남편의 감화를 받아, 우에다 아키나리〈上田秋成, 1734~1809 : 「雨月物語」의 저자—역주〉를 찬미하고 있었다)

남편의 유쾌한 웃음 띤 얼굴을 오랜만에 본 아내는 기뻤다.

"그리고 이번엔 우물치기예요, 이건 힘들죠. 일년 내내 한 번도 퍼올리지 않았다니까. 물인들 썩지 않았겠어요."

"썩고 밀고, 매일 퍼올리지 않으면 내 머리처럼 썩는다구."

이 말에, "또 시작이야?"라고 생각한 아내는 지금까지 들떠 있던 기분을 잊고 흠칫흠칫 남편의 얼굴을 올려다보았다. 그러나 남편이 오늘 한 말은 다만 혀 끝으로 한 것 같고, 깡마른 얼굴엔 처음 그대로 웃음이 있었다. 그만큼 그는 기분이 좋았던 것이다. 그걸 보고 안심한 아내는 응석부리듯 덧붙여 말했다.

"그리고 마당을 어떻게 좀 해 주셔야죠. 이런 음산한 건 싫어!"

피곤해서 벽에 기댄 아내의 무릎에는, 그와 그녀가 사랑하는 고양이가 나긋하게 살그머니 다가와 말없이 앉아 있었다.

"파랑(고양이 이름)아. 넌 더워서 힘들지?"

라고 말하면서도, 아내는 고양이를 안아올리고 있다. 그의 가정에는 개가 있다. 고양이가 있다. 일단 사랑하게 되면 지나칠 정도로 사랑에 빠지고 마는 그의 성질이, 이윽고 그들 가정의 습관이 되어 그도 아내도 사람에게 말하듯 개와 고양이에게 말을 건네는 것이 보통이었다…….

*

그들 부부가 이 집에 살게 된 날부터 거슬러 올라가 수년 전—

이 마을에서 제일가는 부자라 일컬어지는 N집안의 늙은 주인은, 나이들어 인생의 지독한 적적함을 느끼기 시작했다. 대체로 사람에게 있어 이럴 때 가장 필요한 것은, 늙은이건

젊은이건 간에 이성이었다. 그리하여 노인은 도시에서 젊은
여자 하나를 데려왔다. 이 부잣집은 이 풍류인의 대(代)에 그
논의 절반을 잃어버렸지만, 과연 노인의 생각은 부자다운 것
이었다 — 그저 아름답기만 하고 아무런 재주도 없는 여자
는 데려오지 않았다. 약간 못생겼어도 나이만 젊으면 참기로
하고 마을에 도움이 되는, 무엇보다 자신의 경제에 도움이
될 성싶은 여자를 고른 것이었다. 간단히 말하자면, 그는 여
태껏 마을에 없어서 불편을 겪었던 산파를 부업으로 하는
첩을 둔 것이다. 그리고 자기 집 별채를 뜯어내어 그의 집 바
로 밑에다 새로 지었다. 겨울에는 아침부터 저녁까지 햇볕이
닿을 방향을 고려한, 길이 7미터 남짓 되는 툇마루가 있었다.
좁은 현관을 트고, 다실의 화로를 없앴다. 먹감나무 마루기
둥과 객실 난간에 끼워 둔 삼이파리로 엮은 문살이 있는 장
지 세공의 섬세함은, 마을 사람들의 눈을 휘둥그렇게 했다.
역시 우리 산에서 한 그루 고르고 골라 베어낸 기둥이야, 거
슬리는 마디 하나 없어라고 목수는 그 오래 묵은 기둥을 쓰
다듬으며 자기 것인 양 칭찬했다. 그리고 농가의 어마어마하
게 넓은 토방이 있는 굵은 용마루며 대들보가 새까맣게 그
을린 부엌과는 달리, 이 집은 판자를 깐 부엌에다 흰 버선을
신고 질질 옷자락을 끄는 여자가 거기 서서 일하게 되었다.
노인은 그 집을 마흔 몇 살 되는 장남에게 물려주었다. 어쨌

든 노인은 행복했다. 마을 사람들은 자신의 나이 절반도 안 되는 젊은 마누라를 얻은 노인 흉을 보았다. 그러나 그 정도로는 노인의 행복이 손상되지 않았다.

그렇지만, 모든 평화와 행복이란 짧은 인생 가운데 유독 짧다. 그건 마치 가을날 장지문 햇살 위에 얼핏 그림자를 떨구는 새의 그림자 같다. 훌쩍 왔다간 훌쩍 사라진다. 그리고 새의 그림자를 본 순간, 이상한 쓸쓸함이 솟구친다. 노인의 이런 평화로운 날들도 눈깜짝할 새였다.

젊은 첩은 얼마 안 가, 도시에서 젊은 남자 하나를 유혹해 왔다. 마을 사람들은 이 젊은 남자를 '주인님', '산파의 주인님'이라 불렀다. 마을 사람들은 산파에게 과연 '주인님'이 필요한 건지 어떤지를 알지 못했다. 그리고 노인은 자신의 젊은 첩이 멋대로 젊은 '주인님'을 고용한 것에 대해 불만이었다. 매우 불만스러웠다. 우선 이 젊은 남녀의 생활은 시골 사람들의 눈에 너무 사치스러웠다. 노인의 예산과는 너무 차이가 났다. 노인은 그들이 좀더 검소해질 수 있다고 생각했다. 그것을 그의 첩에게 자주 일렀다. 처음엔 되도록 겸손하게. 그러나 차츰 단호하게 말하게 되었다. 어느 날은 한밤중에 호통을 치기도 했다. '주인님'은 아마 이런 대화를 벽 하나를 두고 들었으리라. 그런 밤이 있은 후 어느 날 — 그녀가 처음 마을로 오고 나서 일년 정도 지나, 젊은 '주인님'을 젊은 첩이 '고용'하고 나서 반년 정도 지난 어느 저녁 무렵, 그들 두 남녀의 모습은 돌연 이 마을에서 사라졌다. 저녁때 마을 쪽에서 돌아온 마부는 산길 땅거미 속에서 뚜렷하게 떠오른 희고 둥근 뺨이 눈에 띄기에 잘 보니 'N씨의 산파'였다,라고 그 다음날 아침 마을 사람들에게 전했다. 그러나 이건 아마 이 남자가 실제로 본 게 아니라, 그들이 없어졌다고 듣고서 지어낸 거짓말이었는지도 모른다. 그렇지 않고서는 그는 돌아오자마자 그 일을 신기하게 자랑스런 얼굴로 말할 게 뻔하기 때문이다. 사람은 이런 때, 이같이 말해 보고 싶은 일종의 예술적 본능을 다소 지니고 있는 법이다.—그건 아무래도 좋다 치고서, 이 이야기는 화제거리에 굶주려 있는 시골 사람들을 한동안 기쁘게 했다. 그리고 스물 여덟의 여자에겐 칠십 가까운 노인보다는 스물 네다섯의 젊은이 쪽이 잘 어울리기 마련이라는 것이, 마을의 여론이었다.

애처롭기는, 젊은 첩에게 버림받은 이 노인이 그 후, 나무를 키우는 도락에 몰두하기 시작한 일이다.

그는 꽃나무를 마당에 모으기 시작했다. 오늘은 저 나무를 이쪽으로 바꿔 심고, 어제는 다른 마당에서 이 나무를 자기 마당으로 옮겼다. 그리고 내일은 뭔가 좋은 나무를 찾아 나서야지, 하고 매일매일 흙 주무르기에 편한 날이 없었다. 봄에는 모란이 있었다. 여름에는 나팔꽃이 있었다. 가을에는 국화가 있었다. 겨울에는 수선이 있었다. 그리고 그의 도망가 버린 아내 대신 열 살, 일곱 살 되는 두 손녀를 자신의 좌우에 재운 이부자리 속에서, 이 꽃 재배 노인은 잠들기 어려웠다. 그는 진부한 하이카이(俳諧 : 일본의 전통적인 유머러스한 시 ―역주)에 열중하기 시작했다.

그러고 나서 꼭 일년 지난 뒤에 노인은 죽었다. 그는 이렇게 모은 각 꽃나무의 꽃을 조금 즐겼을 뿐이었다. 그리고 그 집은 그의 막내딸과 함께 마을 소학교 교장의 것이 되었다. 마을의 교장은 이 노인의 양자였기 때문이다. 그런데 약삭빠른 정원사가 있어, 산술 계산에는 재주가 있고 그걸 실제 주판에 응용하는 데에도 뛰어나긴 하나, 미(美)에 대해선 어떤 종류의 것에도 아주 무심한 주인인 소학교 교장을 꾀어, 값나가는 마당의 장식은 모두 빼내 갔다. 큰 백목련, 동백, 마키나무, 추해당, 흑죽, 수양벚나무, 큰 꽃석류, 매화, 협죽도, 여러 종류의 난 화분. 그래서 이들 불행한 나무는 너무도 바쁘게 장소를 바꾸지 않으면 안 되었다. 흙과 친숙해질 틈도 없었다. 때문에 그들 중의 어떤 것은 시들어 버렸을지도 모른다.

소학교 교장은 마침 새로 완성된 교사(校舍) 일부에 살았다. 물려받은 이 집은 빈 집인 채 두었다. 그러는 중에 이 집을 빌릴 사람이 있으면 빌려주고 싶다고 생각했다. 사람이 살지 않으면 집은 황폐해질 뿐이다. 가령 2엔이든 1엔 50전이든 집세를 받아 손해되는 일은 없다라는 교장선생의 생각은 극히 명료하다. 그러나 시골에서는 대부분 자기네 집을 가지고 있다. 설령 처마끝이 일그러지고 썩은 초가지붕에 푸른 이끼가 가득 돋아난 폐가라 하더라도 부모가 자식에게 전하고 자식이 손자에게 전하는 자신의 집을 갖고 있었다. 아무리 훌륭한 집이건 간에 셋집을 얻어 살아야 하는 농민은, 최후의 막바지에 자기 집을 저당잡혀 버린 가장 가난한 사람임이 뻔했다. 이렇게 해서 그 노인이 사랑하는 여자를 위해 또 자신의 노후의 즐거움을 위해 지은 이 집은 참으로 가난하고 가난한 농민의 집으로 변하고 만 것이다. 노인이 다실의 차 솥을 건 화로에는 큼직하고 불이 잘 지펴지는 소나무 장작이 마구 내던져져, 그 연기는 시골집에는 불필요한 천장에 막혀 집에서 밖으로 빠져 나갈 길도 없었다. 그래서 방의 벽, 장지, 천장, 다다미는 금방 그을었다. 딱한 농민 일가는 기득찬 연기 따위를 고통스러워하지 않는다. 오히려 거기서 오는 따스함에 고마워하며 가을, 겨울의 긴 긴 밤을 새끼를 꼬거나 짚신을 짜거나 하면서 밤을 새워야만 했다. 집세는 4, 5개월째쯤부터 밀리기 시작했다. 다다미는 닳아 떨어졌다. 기둥에는 이런 저런 다양한 흔적이 갖가지 형태로 새겨졌다. "적어도 똥은 모이겠지"라는 교장선생의 생각에도 불구하고, 교장선생의 일꾼이 똥을 푸러 가는 아침, 그곳은 언제나 텅 비어 있었다. 왜냐하면 그 집에 세든 가난한 농민이 자기가 빌린 밭에다 그걸 옮겨 버린 뒤였으니까. 교장선생은 이 세든 사람을 심히 나쁘게 생각하기 시작했다. 만나는 사람마다 누구 할 것 없이 가난한 농민의 교활함을 매도하고 호소했다. 그래서 "어차피 가난한 놈은 의리고 뭐고 모르는 교활한 작자다"라는 결론을 얻었다. 다른 마을 사람들은 곧 교장선생의 의견에 찬성의 뜻을 나타냈다. 그래서 교장선생은 자신의 논리가 진리로서 확립되었다고 느꼈다. 다음엔 이런 사내에게 집을 빌려 주기보다 오히려 황폐해지도록 내버려 두는 편이 한결 나을지도 모른다고 생각했다. 이 사내에게 집을 빌려 주는 것은 적극적으로 황폐시키는 일이었기 때문이다. 반면에, 빈집으로 내버려 두는 것은 소극적인 방법이다. 그래서 이 세든 사람은 쫓겨나고 말았다. 마을 사람들은 교장선생의 태도가 합리적이라고 생각했다.

이러는 동안—그 노인이 죽고 난 뒤, 마당의 풀이나 나무에 대해 생각하는 사람은 하나도 없었다. 집과 마당은 황폐해질 대로 황폐해졌다. 단 한 사람, 그 가난한 농민의 어린 딸이 노인이 살아 있을 무렵에 심어져 지금은 풀 틈에서 야생화처럼 되어, 잎은 초라하고 줄기는 휘어진 채 앙증맞게 핀 희고 노란 국화꽃을 가을 아침마다 찾아내어 곱슬머리

장식핀으로 쓰려고 꺾었다.……

　……그는 툇마루에 서서 마당을 바라보며, 안내하던 뚱보 여자가 길에서 연신 지껄여댄 이야기에다 그 특유의 공상을 섞어, 달리 특별하게 생각난달 것도 없이 멍하니 이것저것 떠올리고 있었다.

　"후라테, 후라테." 툇마루 뒤쪽에서 그의 아내가 개를 부르는 소리가 난다. "응, 그래 그래, 레오도 왔니. 아이 귀여워라. 뭘 주려고 부른 게 아냐. 후라테야, 넌 말야, 지금처럼 저 풀더미에서 놀아선 안 돼. 살무사가 있단다. 바로 요전처럼 코끝을 물려서 목이 부어올라 스님처럼 이렇게 얼굴이 커져버리면 정말 걱정이잖니. 알았어? 후라테는 벌써 요전에 혼났으니까 알아듣겠지. 레오야, 너도 조심하렴, 넌 얌전하니까 괜찮아……"

　그의 아내는 목가를 부르는 소녀 같은 목소리와 심정으로, 자신의 양자인 두 마리 개에게 말을 건네고 있다. 그리고 시원한 대숲 바람은 거기서부터 그가 서 있는 쪽으로 불어와 지나갔다.

＊

　한여름의 폐원(廢園)은 우거진 채였다.

모든 나무는 땅속 깊이 가능한 한 뿌리를 내려 거기서 흙의 힘을 끌어올리고, 잎을 그들 몸 전체에 달아 태양빛을 마음껏 빨아들이는 것이었다 — 소나무는 소나무로 살고, 벚나무는 벚나무로서 마키나무는 마키나무로 살았다. 가능한 한 많은 태양빛을 받아 스스로를 성장시키기 위해 그들은 가지를 쭉쭉 뻗었다. 서로 각자의 의지를 실현시키고 있는 동안에 가지들은 겹쳐지고 서로 부딪치며 엉켜들어 옥신각신했다. 자기만 태양의 총애를 얻기 위해 다른 그 무엇도 고려하고 있을 수 없었다. 하여, 일광을 받지 못하게 된 가지는 날마다 가늘어져 갔다. 한 그루 작은 소나무는 삼나무 밑에서 빨갛게 메말라 있었다. 비쭈기나무 생울타리는 키가 고르지 않아서 일렬로 선 줄이 보기 흉하게 삐뚤하다. 그건 해가 비치는 곳만이 우거지도록 키가 자라서 여러 큰 나무 아래에 뒤덮여 그늘진 부분은 푹 꺼져 버렸기 때문이었다. 또 어떤 부분은 잎을 키울 수가 없어서 마치 성벽의 감시창 정도 되는 구멍이 뻥 뚫린 곳도 있었다. 어떤 부분은 두꺼운 잎이 서로 겹쳐져 둥글게 모여 우거진 곳도 있었다. 어떤 데는 아주 중단되어 있기조차 하다. 그것은 바로 그 생울타리를 따라 심어진 큰 소나무에 뒤덮여 감춰지고, 그뿐인가, 울타리 한가운데부터 갑자기 돋아난 야생의 등나무 덩굴이 엄지 손가락보다 더 굵은 덩굴이 되어 생울타리를 가로질러 그 큰 소나무 줄기를 마치 포로를 묶는 새끼줄처럼 친친 휘감으며 기어올라, 위로 향한 나뭇가지 꼭대기 끝까지 올라가서는, 그래도 만족할 수 없다는 듯—그 덩굴은 하늘을 향해 몸을 비틀면서 광기들린 손가락처럼, 아무것도 없는 무엇을 잡으려 발버둥치고 있는 것이었다. 그 덩굴 중 하나는 소나무 곁의, 소나무보다 훨씬 키 큰 벚나무로까지 타고 넘어와 또래의 어느것보다 한층 높이 하늘을 향해 뻗어 있었다. 또 마당의 다른 한 귀퉁이에서는 매화나무의 새 가지가 똑바로 길고도 높게, 이를테면 하늘을 꿰뚫으려는 창처럼 서 있었다. 오래 전 국화밭이었던 부드러운 흙에는 뿌리깊고 무성한 잡초가 나 있었다. 어딘가 대나무 비슷한 모양과 성질을 지닌, 강해 보이는 풀이었다. 그 단단한 줄기와 잎은 땅 표면을 그물코로 짜면서 기어, 자기 영토를 확실히 하기 위해 그 마디가 있는 곳부터 일일이 뿌리를 내려 사방팔방으로 퍼져 있었다. 시험 삼아 그 한 부분을 쥐고 뿌리째 뽑으려 하니, 탐스런 술처럼 무수한 겉뿌리는 검은 모래가 섞인 흙을, 마치 사람이 손으로 움켜쥘 만큼씩 들어올린다. 이것이 그들의 살려는 의지다. 또한, '여름'이 만물에게 명하는 열정적인 모습이다. 이렇듯 우거질 대로 우거진 가지와 잎을 지닌 잡다한 초목은 마당 전체로 말하자면, 흡사 광인의 납빛 이마에 늘어뜨린 헝클어진 머리카락을 보는 듯 음울했다. 이들 초목은 어떤 알 수 없는 무게로 그리 넓지 않은 마당을 위에서 억누르며, 중앙에 위치한 건물을 주위에서 빙 에워싸듯 압박해 오는 것처럼 느껴졌다. 그러나 굉장한 무섬증을 그에게 느끼게 한 것은, 자연이 지닌 폭력적 의지는 아니었다. 오히려 이 혼란 속에서 거의 끊어질 듯 남아 있는 인공적인 한 가닥 우아함이었다. 그건 어떤 의지의 유령이다. 저 약삭빠른 정원사가 이 폐원으로부터 거의 전부를 앗아갔다고는 해도, 지금까지 남아 있는 것 가운데는 분명히, 죽은 화초 재배 노인의 도락을 엿보기에 충분한 것이 더러 눈에 띈다. 자연의 힘도 아직은 그걸 완전히 감출 수는 없었다. 예를 들면, 원래는 붕긋하게 대추모양으로 깎여져 있었으리라 짐작되는 흰 반점 섞인 나한백(羅漢柏)이다. 그것은 대문에서 현관에 이르는 도중에 있다. 그리고 또 객실로부터 뒷간을 감춘 산다화가 있다. 그 아래엔 서향(瑞香)이 있다. 화분을 엎은 형태로 만든 기리시마철쭉이 몇 뿌린가 있다. 큼직한 잎이 더위에 시들고 그 그늘에 큰 꽃이 말라 시든 해 넘긴 자양화가 있다. 이런 것들은 거인이 격노에 못 이겨 집어던진 듯한 난잡한 마당 군데군데에 있고, 백목련, 서향, 동백, 추해당, 매화, 부용, 고야(高野)마키나무 고목, 산다화, 싸리, 난화분, 커다란 자연석, 일제히 돋아난 푸른 이끼, 수양 벚나무, 흑죽, 패랭이꽃, 큰 꽃석류나무, 그리고 물 근처엔 붓꽃, 그 밖에 여러 가지가 적당히 배치되어, 사람 손에 애지중지 키워지던 당시의 꿈을 북방 야만인보다 더 난폭한 자연의 유린에 내맡겨져 돌보는 사람 없는 지금, 그 꿈을 여태 이루지 못하고 있는 듯 여겨지는 것이다. 또 가령 마당 어느 구석에도 그런 것이 한 포기 없었다 한들, 대문 입구에 뒤덮인 한 그루 소나무 가지 모양만 보더라도 그것이 지금은 아무렇게나 딱딱하고 굵고 긴 침엽을 빽빽이 달고 있지만, 예전엔 사람들이 정성껏 그 가지를 보살펴, 잎을 정돈하여 줄기를 어루만졌다는 것을 누구나 쉽게 수긍하리라. 실은 그 소유주인 소학교 교장은 요다음엔 이 소나무를 팔기로 마음먹고, 이 소나무만은 이번에 세들 사람이 정원사를 부를 때 나무뿌리를 좀 다듬고 낡은 잎도 떼내어 두려던 참이었다.

고인의 유지(遺志)를, 위대하면서도 때로는 잔인하게 여겨지는 자연과 운명의 힘이 얼마나 터무니없이 파괴해 버렸는지를 보라. 이들 남겨진 나무며 마당은, 자연의 발랄한 야만적인 힘도 아니요, 또한 인공의(artificial) 형식도 아니었다. 오히려 이 두 가지의 무질서한, 통일되지 않은 혼합이었다. 그리하여 그 안에는 추함이라기보다는 되려 까닭없이 처연한 무엇이 있었다. 이 집의 새 주인은 나무그늘에 멈춰 서서 이 폐원의 여름을 응시했다. 그리고 뭔가에 겁먹고 있음을 느꼈다. 순간적인 어떤 공포가 돌연 그의 내부를 스친 것 같다.

그런데 그게 무엇이었는지 그 자신 알 수가 없다. 붙잡을 틈
도 없을 만치 재빠르게 섬광처럼 지나가 버렸기 때문이다.
하지만 그건 이상하게도 정신적이라기보다 오히려 관능적
인, 동물이 감지할 것 같은 공포라고 생각되었다.

그는 그날 잠시, 새 주거지인 이 집의 무참하게 초라한 마
당 한가운데를 그림자를 따라 걸어다녀 보았다.

집 옆 가시나무 밑에는 개미가 길고 까맣게 한 줄로 진군
하고 있었다. 그들 중 어떤 놈은 커다란 가보(家寶)인 식량
을 떠메고 있었다. 다소 큰 개미가 주위에 진을 치고 그들에
게 명령하고 있는 것 같다. 그들은 상대방을 만날 때는 절을
하듯, 혹은 잡담을 나누듯 혹은 전언을 부탁하는 듯이 양쪽
에 멈춰 서서 서로 머리를 찧고 있다. 이것은 흔히 있는 개미
의 이사였다. 그는 웅크리고 앉아 작은 행렬을 응시했다. 그
리고 잠깐 그는 그들로부터 어린이다운 즐거움을 얻었다. 오
랜 세월 동안 이런 것을 보지 못한 사실, 설령 눈에 들어왔다
한들 보려고도 하지 않았을 거라는 사실을 그는 비로소 깨
달았다. 그러고 보면, 어린 시절 이래 ― 그땐 다른 아이들보
다 몇 배나 그런 것에 푹 빠져 있었음에도 불구하고, 그런 추
억조차 잊고 있었다 ― 느긋하게 달을 쳐다본 적도 없고, 새
를 본 적도 없었다. 이런 걸 깨달았다는 사실이 그를 괜히 슬
프게 또한 기쁘게 했다. 그런 마음을 안고 거기서 일어나 걸

어가려 할 때 언뜻 눈에 들어온 것은, 그 가시나무 둥치에 우스꽝스런 꼴로 어금니모양의 큰 앞발을 거기에 세우고 딱 들러붙어 있는 매미 허물이었다. 그것은 등 한가운데에서 쫙 찢어진 빨갛게 번쩍거리는 작은 갑옷이었다. 그 둥치를 더욱 자세히 보니, 그 허물에서 3, 4치 정도 위쪽에 매미 한 마리가 꼼짝 않고 있는 걸 발견할 수 있었다. 사람 기척에 놀라지 않는 것도 무리가 아니다. 그 매미는 지금 막 태어났다는 걸 한눈에 알았다. 그건 아직 매우 부드럽고 몸도 딱딱해지지 않았다. 이 곤충은 이렇게 꼼짝달싹 않고 가만히 있는 채로 지금, 조용히 공기의 신비에 접하고 있는 것이었다. 그 부드러운 미완성의 날개는 전체가 젖색으로 말할 수 없이 가련하고 안타깝고 자그맣게 오그라들어 있었다. 다만 그 녹색 줄만이 굉장히 눈에 띄었다. 그것은 상쾌하고 쾌활한 녹색으로, 그의 연상작용은 하얗게 갈라진 씨앗을 헤집고 나온 콩 잎 싹을 선명하게 떠오르게 했다. 단지 색깔뿐 아니라 날개 전체가 식물의 싹틔움을 방불케 했다. 태어나는 것은 곤충과 풀의 차이는 있어도 뭔가 공통되는 어떤 모습이 그 안에 계시되어 있음을 그는 보았다. 자연 그 자체에는 아무런 법칙도 없을지 모른다. 그렇지만 적어도 거기서 사람은 각각의 법칙을 자유롭게 파악할 수가 있다. 더욱 자세히 보니, 이 곤충의 납작한 머리 바로 한가운데쯤에 아주 작은, 홍옥색으로 그보다 더 찬연한 뭔가가 멋지게 박혀 있었다. 그 보석 같은 뭔가는 과학에서는 무어라 하는지(홑눈이라 부르는 거겠지) 그는 알 턱이 없었다. 하지만 그 아름다움에 대해서는 자신이야말로 다른 어느 누구보다 알고 있다고 생각했다. 그 아름다움은 이 자그만 쥘 수조차 없는 곤충의 탄생을, 그로 하여금 신성하게 느끼게 하고 예배하게 하기에는 무엇과도 견줄 바 없었다.

그는 있을까 말까한 지식으로, 매미는 20년이 지나 겨우 성충이 된다는 사실을 언제 어딘가에서 아마 농과 학생인가 누군가로부터 들은 풍월이 있음을 생각해 냈다. 아아, 이 작은 곤충이 단 한마디, 시끄럽게 운다라고 불릴 정도로 인간에게는 무의미해 보이는 일생을 보내기 위해, 그 자신의 나이와 거의 맞먹는 세월을 견디고 있다니! 그리고 그들의 목숨은 겨우 며칠 — 이틀이나 사흘, 일주일이라니! 자연은 도대체 무슨 속셈으로 이런 걸 만들어 내는 걸까. 아니 아니, 이런 거라고 해도 오로지 매미뿐만이 아니다, 인간을. 그 자신을? 신이 창조했다는 이 자연은 어쩌면 엉터리가 아닐까. 그리고 엉터리를 엉터리인 줄 모르고 풀려고 할 때만큼 그것이 신비롭게 보일 때는 없으니까. 아니 아니, 아무것도 알 수 없어. 그렇다, 다만 이것만은 알 수 있다 — 매미는 덧없다, 그리고 인간을 웅변하는 선량(選良)의 일생이 매미가 아

니라고, 누가 말할 수 있으랴. 매미 날개는, 보고 있는 동안
움츠러든 것이 눈에 보이게 펴졌다. 동시에 그 반투명한 유
백색은, 시시각각 조금씩 그러나 확실히 무색으로 투명하게
변화되었다. 그리고 싹틔움과 같이 상쾌하지만 연약한 녹색
도 이에 따라 차츰 거무스름해져 흡사 어린 풀의 초록이 상
록수가 되는 듯한, 어떤 현실적인 강인함이 분명히 거기에
나타나고 있는 것이었다. 그는 이런 것을 20분 넘게 빈틈없
이 바라보는 동안에 ─ 그것은 오히려 어떤 병적인 면밀함
을 띠고서였다 ─ 저절로 숨이 막힐 듯한 엄숙함을 느꼈다.
돌연, 그는 자신의 마음을 향해 말했다.

"보라, 태어나는 자의 고뇌를. 이 작은 것이 태어나는 데에
도, 여기 이 정도의 인내가 있다!"

그리고 덧붙여 말했다.

"이 작은 곤충은 나다! 매미야, 자 어서 날아올라라!"

그의 기묘한 기도는 이런 식으로 행해졌다. 그것은 이때
뿐 아니라 항상 이처럼 행해지고 있었다.

*

그런데, 몇 그루 장미가 여기 이 마당 한구석에 있었다.

그것은 우물가 배수를 따라 울타리처럼 심어져 있었다.

만약 충분히 울창해졌다면 '一架長條万朶春'(중국 시인 裴說의 '장미시'의 한 구절, 긴 덩굴장미 가지에 꽃이 흐드러지게 피어 봄을 불렀다는 뜻—역주)을 보이며 5, 6미터나 되는 멋진 꽃울타리를 만들었을 것이다. 그렇지만 이들은 참으로 불행했다. 아침해를 차단하는 삼나무 숲이 있었다. 저녁해는 커다란 집 그림자가 이들 위에 엄습하여 방해를 했다. 그리고 정오 전후에는 감나무며 매화가지가 이 장미나무로부터 햇빛을 빼앗았다. 하여 이들 삼나무, 매화, 감나무의 우거진 가지는 이들 장미나무 위로 덮쳐 지붕처럼 되어 있었다. 그래서 이들 장미나무는 그 줄기가 가엾게도 덩굴풀처럼 가늘어져 한 자(尺)도 더 되는 잡초 속에서 비틀거리며 서 있었다. 8월 중순이 지났는데도 꽃은커녕 이들 위에는 한 잎—실로 문자 그대로 한 잎의 푸른 잎조차 없었다. 이들 줄기가 아직 살아 있음을 확인하기 위해 그는 그중 하나를 꺾어 볼 정도였다. 햇볕과 따스함이란 모두 다른 것에 완전히 빼앗겨 버리고, 흙 속에 축적된 그들의 자양분도 밑동에 무성한 이름 없는 잡초에 남김없이 빼앗겼다. 그들은 자연으로부터 아무런 은혜도 받지 못한 것처럼 보였다. 다만 이런 장소를 가장 좋아하는 거미의 마침 적당한 발판이 되어, 그저 이를 위해서만 유용한 것으로 장미는 이렇게 해서까지 그 생존을 여태껏 계속하지 않으면 안 되었다.

장미는 그가 깊이 사랑한 것 중의 하나였다. 그래서 때로는 '나의 꽃'이라고도 불렀다. 이 꽃에 대해 한 가지 잊을 수 없는 위로에 가득찬 시구를 괴테가 그에게 남겨두었기에— "그대 장미여, 꽃 피워라"라고. 또 다만 그렇게 둘러대는 인연뿐 아니라, 그는 진심으로 이 꽃을 사랑한다고 생각했다. 그 풍요로운, 잔에서 넘쳐날 정도로 과잉된 아름다움은, 특히 이 붉은 꽃에 그의 마음을 끌어당겼다. 그 현기증 나는 짙은 향기는 그에게 첫 입맞춤의 감미로움을 떠올리게 하는 것이었다. 그리하여 그가 그렇게 느낌으로써, 예로부터 수많은 시인이 수많은 아름다운 시를 이 꽃에 바친 것이다. 서구의 문자는 일찍이 이 꽃을 위한 왕관을 만들어 바쳤다. 중국의 시인 역시 저 그림 같은 문자로써 그 꽃의 광휘를 노래하는 데에 소홀함이 없었다. 그들 또한 아라비아의 '장미이슬'을 귀히 여겨, 이 '환골향(換骨香)'을 얻고자 「海外薔薇水中州未得方」(중국 시인 楊万里의 시구절, 외국에는 장미 향수가 있는데 중국은 아직 그 제주법을 모른다는 뜻— 역주)이라고 단식하게 했다. 이들 시구의 언어는 이 꽃을 위해 시의 영토 내에 귀금속 광맥 같은 한 줄기 전통을— 지금은 이미 인습(因襲)이 되었을 정도로까지 공고히 만들어 놓고 있는 것이다. 한번 시의 나라에 발을 들여 놓은 사람은 누구나 도처에서 장미에 관한 이야기를 들을 만큼. 그래서 장미의 색깔과 향기,

심지어 잎과 가시조차도 이들 우수한 수많은 시구 하나하나를 비료로 삼아 자기 내부에 펴올리고 빨아들여 — 이들 아름다운 문자의 환영이 자기 배후에서 빛나게 하는 탓에, 이 때문에 가지가 휘청거리는 듯이 여겨질 정도이다. 그것이 그 꽃의 한층 더한 아름다움을 그에게 느끼도록 했다. 다행일까, 아니 오히려 굉장한 불행이겠지, 그의 성격 안에는 이러한 일종의 예술적 인습이 매우 깊게 마음속 뿌리를 내리고 있었다. 그가 자신의 일로서 예술을 선택하게 된 것도 이런 마음에서일 것이다. 그의 예술적 재능은 이런 인습에서 생겨나, 아주 일찍 눈 떠 있었다. ……이런 것들이 이윽고 무의식 중에 그로 하여금 이토록 장미를 사랑하도록 한 것이리라. 자연 그 자체로부터 참으로 청신한 미와 즐거움을 직접 얻어낼 줄 몰랐던 무렵부터, 이런 예술의 인습을 통해 그는 이 꽃에만은 이렇듯 사랑을 바쳐 왔다. 바보스럽긴 하지만, 그는 '장미'라는 글자에마저 사랑을 느꼈다.

그렇긴 해도 지금, 그의 눈앞에 있는 이 꽃나무의 초라함이라니! 그는 예전에 너무 따뜻한 양지에만 있어서 추위에 시들어 버린 장미를 고향집 마당에서 본 적이 있었다. 그것은 커다란 담홍색 꽃이었는데, 태양의 부자연스런 온기에 이끌려 꽃봉오리를 피우긴 해도, 아침 저녁의 햇살이 없을 때는 남쪽 지방인들 겨울은 장미에게 너무 추웠음에 틀림없다.

꽃봉오리는 하루하루 지나도 그냥 굳게 닫혀 있고, 그뿐인가, 연분홍 꽃잎의 가장 바깥쪽에는 나날이 이상하게도 가느다란 녹색 줄이 생겨나 이파리인 양, 말하자면 꽃잎과 이파리 중간이라고나 해야 할 정도로 딱딱해지는 것을 본 적이 있다. 그렇지만 그가 지금 눈앞에 보는 이들 장미나무는, 그 애처로운 점에서는 예전의 그 꽃봉오리에 비할 바가 못 된다. 그는 이들 나무를 보는 동안, 충동적으로 한 가지 생각을 가졌다. 어떻게든 해서 이 음지의 장미나무, 인욕의 장미나무 위에 태양의 은혜를 쬐게 해 주고 싶다. 꽃도 피우게 하고 싶다. 이런 것이 그가 그 순간에 세운 바람이었다. 그러나 이 바람에는 왠지 꾸민 듯하고, 유희적이며 소위 시적이랄 수 있는, 또 그렇게 하는 것이 지금의 자신에게 어울린다는 '태도'로 가득찬 마음이 대부분을 차지하고 있었다. 그 자신 그것을 눈치챌 만큼(이 마음이 늘, 어떠한 경우에건 그의 성실을 다소 배반하는 일이 많았다). 헌데, 그는 그 꽃나무로 자신을 점쳐 보고 싶다는 기분이 있었다 ― "그대 장미어, 꽃 피워라!"

그는 직접 근처의 농가에 갔다. 빠른 걸음으로 나가는 주인의 모습을, 두 마리의 개는 눈치빠르게 알아보고 뒤따랐다. 녹슨 톱과 뽕나무 전정가위를 어깨에 맨 그가 두 마리 개를 거느리고 얼마간 득의에 차서 다시 마당에 나타난 것은, 거의 5분도 지나지 않아서였다. 그는 싱글벙글 하며 장미 옆에 섰다. 어떻게 하면 해가 가장 잘 들까, 하고 어림짐작을 하여 위쪽을 올려다보면서, 우선 웃통을 벗었다. 먼저 톱으로 가장 삐어져 나온 감나무의 굵은 가지를 자르기 시작했다. 가지에서는 부스스 흰 가루가 떨어져 내리고 톱니가 반 이상 박혀 들어가자, 아직 완전히 잘려지지 않은 부분은 힘없이 그 자신의 무게를 지탱하지 못하여 이윽고 뚝 하고 제 풀에 꺾이고, 크고 무거운 가지는 잔가지를 땅바닥에 깔면서 떨어졌다. 그러자 그 틈으로는 금방 햇살이 내던져지듯, 밀어닥치듯, 깊이 스며들 듯, 저 고목과 다름없는 장미가지에 내려쪼였다. 장미를 감싸안은 양지는 잇달아 넓어졌다. 덮쳐 누른 매화와 감나무 줄기며 잎이 연이어 베어졌기 때문이다. 그는 뽕나무 전정가위로 장미나무 위의 거미집을 치웠다. 거기엔 각종 거미가 살고 있었다. 파리잡이거미라고 하는 발이 짧은 작은 거미는, 가지가 난 자리에 종이 주머니 같은 집을 짓고 있었다. 대모갑(玳瑁甲)처럼 번쩍거리는 긴 발을 가진 큰 무당거미는, 거창한 집을 둘러치고 있었다. 가위가 그 집을 건드리자, 거미는 곡예사처럼 아슬아슬하게 실을 잡아당기면서 도망간다. 그걸 커다란 가위가 뒤쫓는다. 그들은 실을 뱉으며 가위 끝에 매달려 흙 위로, 풀 속으로, 물 웅덩이로 내려가 도망친다. 그걸 가위가 싹뚝 잘랐다.

그런 일이 그의 몸을 땀투성이가 되게 했다. 또 그의 마음을 흥분시켰다. 처음, 가장 큰 가지가 땅에 떨어지는 소리에, 드물게 일하는 그를 보러 온 그의 아내가 뭐라고 남편에게 소리친 것 같은데, 그는 전혀 대답하지 않았다. 개들은 주인이 오늘은 조금도 상대해 주지 않자, 저희끼리 두 마리가 서로 뒤쫓으며 온 마당을 소란스럽게 돌아다녔다. 뭔가 최고의 기분이라고 말하고 싶을 정도의 쾌감이 그에게 있었다. 그리고 무턱대고 손에 닿는 대로 뭐든 잘라내 버리고 싶은 기분이 되었다.

그는 소나무에 휘감겨 있는 저 등나무의 굵은 덩굴을, 밑동에서부터 뽕나무 전정가위로 단숨에 잘라냈다. 그는 의외로 자신에게도 힘이 있다고 생각했다. 그 덩굴을, 꼬인 걸 풀듯이 빙글빙글 돌리면서 소나무 둥치에서 떼내자, 소나무가 그때 휴우, 하고 깊은 숨을 내쉰 듯이 그는 느꼈다. 그는 잘린 덩굴 끝을 양손으로 잡고 힘껏 잡아당겨 보았다. 그러나 물론 도저히 헛일이었다. 소나무 잔가지에서 가지 끝으로 또 훨씬 옆의 벚나무로까지 휘감긴 등덩굴은, 잡아당겨져 다만 소나무와 벚나무 가지가 휘도록 세차게 흔들어 지면에 잎을 날리고, 벚나무 가지에 붙어 있던 송충이를 그의 밀짚모자 위에 떨어뜨렸을 뿐, 덩굴 그 자체는 활시위처럼 팽팽해졌다. "나는 당신의 그 정도 힘에는 꿈쩍도 않아! 어디 마음껏 좀더 제대로 해 보시지!"라고 그 등덩굴은 얄밉게도 그를 야유하고 큰소리치는 것이었다. 그는 이 등덩굴에 혼쭐이 나서 결국 그대로 내버려둘 수밖에 없었다. 그래서 이번엔 생울타리를 자르기 시작했다……정오 지나서부터 그의 이 놀이는 저녁 무렵이 되자, 생울타리 위가 깔끔하게 일직선으로 맞춰지고 벽처럼 밋밋해진 측면에는, 때마침 그 면과 평행해서 내려쬐는 석양 광선이 비쭈기나무의 검고 딱딱한 잎 위에 반사되어 아름답게 반짝반짝 빛났다. 이렇게 되고 보니 저 큰 구멍이 한층 보기 흉하게 눈에 띄었다.

"야아, 이거 시원케 됐구먼요"

라고, 인사를 건네며 그 구멍으로 집안을 들여다보고 가는, 들에서 돌아온 농부도 있었다. 그리고 그는 내친 김에 저 도랑 위에 얹혀진 갯버들 가지도 손보았다. 그날 저녁, 그는 드물게 대식(大食)했다. 밤에 기분좋은 숙면을 한껏 즐겼다. 그런데 다음날 아침 눈떴을 때는, 몸이 나무처럼 굳어져 관절마다 쑤시는 자신을 고소를 머금고 발견해야만 했다.

그러고 나서 며칠 후, 이번엔 진짜 정원사 — 라고 해도 반농(半農)이지만 — 가 그의 집 마당에 들어섰을 때, 소나무와 벚나무에 그렇게도 집요하게 휘감겨 있던 등덩굴은 지네발 같은 잎이 시들어, 어떤 부분은 이미 완전히 초록을 잃고 있었다. 그래서 저 광포한 손가락인 덩굴은, 완전히 축 늘어져 있었다. 그는 악인의 최후를 무대에서 보고 기뻐하는 사람의 심정으로, 소나무 위에서 정원사가 잘라내는 굵은 등덩굴을 처마밑에 웅크리고 앉아 올려다보고 있었다.

"이 놈은 이제 네댓새 말려 두면 멋진 땔감이 될 거구먼요" 하고 돌연, 정원사는 소나무 위에서 말을 걸었다.

"그 녀석은 어지간히 벅찬 상대야." 그는 이렇게 대답하고, "정말 그래" 하고 혼자 생각했다.

"저 고집센 등덩굴이 이처럼 빨리 보기 흉하게 말라 버린 것은, 그를 그토록 굵고 왕성하게 키워준 바로 똑같은 태양의 힘이다"라며 그는 이 등덩굴에서 옛 우화를 떠올렸다. 그는 또, 그의 의지 — 인간의 의지가 자연의 힘을 좌우한 듯이 여겨졌다. 오히려 자연의 의지를 인간인 그가 대신해서 수행한 것으로 자부했다. 등덩굴이 거기에 난 것은 자연에게 아무런 불편함도 없었을 텐데. 어쨌든, 처음에 인간의 손이 만든 정원은 마지막까지 인간의 손이 필요한 것이다……. 그는 무심히 그런 것도 생각해 보았다.

그렇긴 하나, 저 장미는 어떤 변화를 보일까. 꽃은 필까? 그것을 고대하는 마음에서 그는 일어나 걸어갔다. 장미를 보기 위해서다. 장미 위에는 다만 태양이 밝고 믿음직스럽게 비추고 있는 외에, 아직 달리 아무런 변화가 없으리란 걸 오늘 아침에도 봐서 잘 알고 있을 터임에도.

이렇게 해서 며칠이 지났다. 장미는 잊혀졌다. 그리고 또 며칠인가 지나갔다.

*

　자연 풍경은 여름에서 가을로 조용히 바뀌어 갔다. 그것을 그는 뚜렷이 볼 수 있었다. 밤은 어느새 가을이 되어 있었다. 철써기, 귀뚜라미 같은 가을의 선구자인 여러 벌레가 풀숲에서 혹은 그의 책상 앞에서 혹은 그의 이부자리 밑에서 울기 시작했다. 즐거운 전원의 초가을 예감이 마을 사람들의 마음을 들뜨게 했다. 마을의 젊은이들은 아가씨를 찾으러 20리, 30리를 서늘한 밤바람을 쐬며 그 늠름한 발걸음으로 걸었다. 또 어떤 사람은 마을 축제 준비로 북치는 연습을 했다. 그 단순한 북소리의 부지런한 울림이, 밤이 이슥할 때까지 들판을 따라 그의 창으로 전해져 왔다. 이 마을에 돌아와 있던 여학생, Y시(市)의 사범학교 학생으로 이 마을의 유일한 여학생은 여름 막바지에 그의 아내와 친구가 되었지만, 곧 기쁜 듯이 그의 아내를 남겨 두고 그 학교가 있는 도시로 돌아갔다.

　그의 광포하고 초조한 심정은 이 집으로 옮겨온 뒤, 겨우 그에게서 떠난 듯했다. 그래서 가을이 가까워진 지금은, 그의 기분도 저절로 평온해졌다. 그는 마치 풀이나 나무, 바람,

구름처럼 그만큼 민감하게 자연의 영향을 몸에 감득하고 있음을 아는 것이 일종의 유쾌함이며 자랑으로조차 생각되었다. 요 며칠 새, 등(燈)은 그리운 것 중의 하나다. 그것은 심신이 모두 지쳐 버린 그와 같은 사람들 눈에는 부드럽고 그윽한 빛을 전해 주는 램프빛이었다. 그는 램프를 이 지방에 온 행상인에게서 20 몇 전인가에 샀다. 종이로 만들어진 갓은 1전이었다. 그렇지만 그 램프의 유리 단지는 석유를 비추며 호박(琥珀) 덩어리처럼 아름다웠다. 어떤 때는 엷은 자주빛이 되어 자수정을 떠오르게 했다. 그 등 아래서 그는 처음에 성(聖)프란체스코(Francesco d'Assisi, 1182~1226 : 이탈리아 가톨릭교회의 성인 —역주)의 전기를 애독하려 했다. 하지만 금방 싫증이 났다. 끈기가 지금은 그의 몸에 눈꼽만큼도 남아 있지 않았다. 그래서 어느 책을 읽어 봐도 책이란 책은 모두 한결같이 그에겐 시시하게 느껴졌다. 그뿐 아니라, 그렇게 지루한 책이 세상에선 훌륭하게 만족스럽게 여겨지고 있다는 걸 생각하며, 참 신기하기조차 했다. 뭔가 — 인간을 혹은 그자신을, 모든 사물들이 이 세계와는 전혀 다른 것으로 이루어진 별세계로 끌어당기는 듯한, 아니면 그의 눈앞에 어지럽게 펼쳐져 있는 이 낡아빠진 세계를 전연 별개의 것으로 만들어 보여 주는 듯한, 무엇인가가 있을 것 같다. 혹은 이 세계를 완전히 근본적으로 뒤엎어 엉망진창으로 만들어 버리는, 그게 뭐든 상관 없이 다만 이제 굉장히 멋진 뭔가가, 어딘가에 있을 법하다. 그는 자주 무심히 그런 것을 생각했다. 참으로 "태양 아래 새로운 건 없다"인가. 그렇다면 일반 세상 사람들은 도대체 무엇을 삶의 보람으로 해서 살아갈 수 있단 말인가? 그들은 다만 그들 자신의 각각의 어리석음 위에 자못 그럴듯하게 각자의 공허한 꿈을 쌓아 올려, 그것이 아무것도 없는 꿈이라는 사실조차 알아채지 못할 정도로 정신없이 살고 있을 뿐이 아닐까 — 그것이 현자(賢者)건 바보건 철학자건 상인이건 간에. 인생이란 과연 살 만한 가치가 있는 것일까. 그리고 죽음이란 또 죽을 만한 가치가 있는 것일까. 그는 밤마다 그런 것에 대해서도 생각했다. 더구나 이 괴롭고 지칠 대로 지친 권태로움이 그의 마음속 깊이까지 침투한 이상, 그런 마음을 소유한 자의 눈이 보는 것처럼, 세계 만물은 언제나 일체가 남김없이 권태로울 게 뻔하다는 것 — 그리하여 이 낡아빠진 세계에서 새롭게 사는 유일한 방법은 그 자신이 자신의 심경을 일전시키는 수밖에 없다는 사실을 그가 알았을 때, 다만 그런 상태의 나 자신을 어떻게, 어떤 방법으로 신선하게 만들 수 있을까. 그의 아버지가 편지에서 열내어 일컫는 '대용맹심(大勇猛心)'이란 어떤 것일까. 그걸 어디서 가져와 어떻게 그의 마음에 심어 둘 수 있을까. 어떻게 그의 마음에 솟구치게 할 수 있을까. 이러한 모든 것들을 그는 전혀 알 방도가 없었다. 그러므로 시골이건 도시건 이 지상에서 그를 편안하게 해 줄 낙원은 어디에도 없다. 아무것도 없다.

"다만 만유의 창조주이신 신의 뜻대로…"

라고, 그렇게 말해 볼까. 하지만 그의 마음이 결코 산산조각 난 것은 아니었다. 다만 시들어 있을 뿐이다…. 그는 북소리에 귀를 기울이며 그 소리의 발원지 주위를 둘러싸고 있을 건장한 젊은이들을 부러운 듯 눈앞에 그려 보았다.

그의 책상 위에는 읽지도 않는, 또 읽을 수도 없는 서적의 페이지가 때때로 그의 눈앞에 펼쳐져 있었다. 그는 다만 무의미하게 문자를 훑었다. 그는 가끔 큰 사전을 꺼냈다. 그 속에서 되도록 진기한 문자를 찾아내기 위해서였다. 단어와 단어가 모여 하나의 유기물이 되어 있는 문장을 그의 피로한 심신은 읽을 수가 없었지만, 그 대신 하나하나의 단어에 대해서는 온갖 공상을 불러일으킬 수 있었다. 그것의 영(靈)을, 소위 인령(言靈)을 또렷이 본다고조차 생각하는 일도 있었다. 그때, 단어라는 것이 그에겐 말할 수 없이 신기한 것으로 여겨졌다. 거기에는 깊은 신적(神的)인 성질이 있음을 느꼈다. 단어 하나하나는 그 자체가 이미 인간생활의 한 단편이었다. 단어의 집합은 그 스스로 하나의 세계가 아닌가. 단어 하나하나를 처음 발명해 낸 인물들 개개의 심정이 그립도록

신기하게 그 속에 남아 있는 게 아닌가. 영원히 그리고 일상
적으로 모든 사람에게 사용될 새로운 단어 하나라도 창조했
을 때, 그 사람은 그 단어 속에서 영원히, 보편적으로 살아
있는 게 아닌가. 그렇다, 그렇다, 이걸 좀더 명확하게 자각하
지 않으면…. 그는 그런 걸 아주 어렴풋이 느꼈다. 그래서 어
떤 하나의 심정을 중간의 타인에게 분명히 전하고 싶어하는
인간의 불가사의한, 영묘한 욕망과 작용에 대해서도 희미하
게 생각이 미치는 것이었다. 단어에 싫증이 났을 때, 그는 그
사전 속에 있는 꼼꼼한 삽화를 봄으로써, 지금껏 본 적도 공
상한 적도 없는 물고기, 짐승, 풀, 나무, 곤충, 어류, 혹은 가정
적인 여러 가지 기구, 무기, 고대로부터 죄인 처형에 사용된
다양한 형구(刑具), 배, 돛을 세우는 여러 가지 방법, 건축의
부분 등에 대해 아는 것을 기뻐했다. 그런 기구들의 사소한
모양이나 동, 식물들 속에는 갖가지 암시가 있었다. 그중에
서도 인간 자신이 고안해 낸 각종 물건 속에는, 단어의 언령
속에 있는 것과 마찬가지로 인류의 사상, 생활, 공상 등이 가
득 차 있음을 느꼈다 ― 극히 단편적이긴 했지만. 그리고 그
의 심적 생활은 그때 마침 그러한 단편을 생각하기에 적합
할 정도의 힘밖에 없었다.

그는 때때로 그러한 감흥 끝에, 밤이 이슥해지고 나서 시
같은 것을 쓰는 일이 있었다. 한밤중엔 그것이 스스로도 대

단히 우수한 시구라고 믿었다. 그러나 다음날 눈뜨기 바쁘게 그 종이 위를 바라보면 전혀 무의미한 문자가 나열되어 있음에 불과했다. 참으로 놀랄 만한 일이었다.—바로 멋진 생각이 그의 지척에 다가와 있었는데. 그리고 그걸 잡으려 했을 때, 이미 거기에는 아무것도 없었던 것이다. 잡을 수 있다고 생각했을 때, 그건 한낱 공간이었다. 마치 꿈속에서 애인을 안는 사람처럼. 그런 안타까움과 함께 그는 문득 누가 자신의 이름을 불렀다고 생각하여 뒤돌아보았을 때, 아무도 없는 것과 흡사한 불안을 그때마다 맛보았다.

집 도면을 그리는 일을 그는 다시 시작했다. 그는 굉장히 복잡한 미궁 같은 구조를 상상하는 일이 있었다. 그런가 하면, 코르시카 섬의 집이 그렇듯이 응접실 겸 부엌 겸으로 큰 방 단 하나밖에 없는 집을 생각하는 일도 있었다. 그 외형이나 방 위치, 창 같은 부분 장식의 세세한 면까지도 거의 매일 밤이다시피, 노트 위에 종횡으로 그려졌다. 마침내 흰 페이지는 이제 한 장도 없고, 너비 한 치 정도의 여백이 가장 귀중하게 발견되어 그곳도 복잡하게 얽힌 수많은 직선으로 빈틈없이 메꾸어져 있었다. 그 무의미한 하나하나의 직선을 대하며 그는 무한한 공상을 지닐 수 있었다. 그럴 경우 그의 마음은, 외톨이로 감금되었을 때, 무심하게 오로지 당초무늬 그리는 데만 열중한다는 광기의 화가들과 상당히 닮은 데가

있었다. 이렇게 해서 또다시 마침내 생기 없는 무료가 찾아
왔다. 그리고 그것이 며칠이나 계속되었다.

*

어느 날 밤, 그의 램프 종이 갓에 바삭 하고 소리를 내며
날아든 것이 있었다.

베짱이 한 마리다. 그 푸르고 산뜻한 곤충은 초록을 불그
레 물들인 램프 갓 위에 앉아, 붉고 푸른 빛의 대조가 우선
그의 시선을 빨아들였는데, 그 모습과 동작이 시나브로 그의
흥미를 불렀다. 그 곤충은 제 몸의 절반 가량 되는 긴 촉각을
몸 위쪽에서 유유히 움직이면서 램프의 둥근 갓 붉은 부위
를 빙글빙글 푸르게 움직이며 나아갔다. 그것은 둥그렇게 만
들어진 정원의 바깥쪽을 따라 산책하는 사람의 뽐내는 발걸
음인 양, 그에게는 여겨졌다. 이 푸르고 갸름한 모양의 우아
한 곤충은 그 가냘픈 등의 꼭대기 부분만 적갈색을 띠고 있
었다. 그는 반디의 목덜미가 빨간 것을 처음 알고 그걸 노래
한 마쓰오 도세이(松尾桃青, 1644~1694 : 일본의 전통시인 마쓰
오 바쇼〈芭蕉〉를 말함 — 역주)의 심정을 느낄 수 있었다. 이 곤
충은 한참 동안 그 둥근 장소를 빙글빙글 걸었다. 그리고 때
때로 느닷없이 벽기둥이며 장지문 살, 어지러운 책장, 혹은

너무 밤을 새워 몇 시가 되어야 잠을 자는지 알 수 없는 남편을 멋대로 내버려두고 자기만 먼저 잠들어 있는 그의 아내의 모기장 위 어딘가로, 가볍게 펄쩍 날아다니며 울기도 했다. "인간으로 태어나는 것만이 반드시 행복한 건 아니다"라고 풀종다리에 대해 어느 시인이 그렇게 말했다. "이 다음에 다시 태어날 때는 이런 곤충이 되는 것도 좋아." 어떤 때, 그는 이와 똑같은 걸 생각하면서 그 곤충을 보는 동안 문득, 실크햇 위에 명주잠자리가 앉아 있는 작은 세계의 장면을 공상했다. 저 투명하고 큼직한 날개를 등에 진 소녀의 푸른 숨같이 폭신폭신한 작은 곤충이, 새까맣게 반들반들거리는 다소 기이한 모양을 한 모자의 각진 모서리 위에 불안스레 그러나 똑바로 앉아, 그 모서리 표면에 난 선을 따라 느릿느릿 기어간다……. 그것을 밝은 전등이 말없이 위에서 비추고 있었다……. 그는 갑자기, 눈을 들어 빛을 들여다보았다. 그건 전등이 아니다. 램프빛이다. 그는 그 램프빛을 자신의 공상과 혼동해서, 자신도 지금 전등 아래에 있는 듯이 생각했기 때문이다.

어째서 그가 실크햇과 명주잠자리라는 대조를 불쑥 떠올렸는지 그건 그 자신도 알 수 없었다. 다만 그런 식으로 기묘하고 섬세한, 전혀 보잘것없는 형태의 미(美)의 세계가 왠지 지금의 그의 신경에는 친근감이 더했다.

베짱이는 매일 밤, 그의 램프를 방문했다. 그는 처음에는 이 곤충이 무엇 때문에 램프빛을 찾아오는 건지, 그리고 그 갓을 빙글빙글 도는 건지, 그 의미를 알지 못했다. 그러나 지켜보는 동안 곧 이해할 수 있었다. 그건 결코 곤충의 취미나 도락이 아니었다. 이 곤충은 거기에 날아와, 그 위에 떼지어 있는 훨씬 더 작은 다른 벌레들을 잡아먹기 위해서였다. 이 벌레들은 여름이라는 자연의 끄트머리를 가루로 만들었다고 말하고 싶을 정도로 극히 미세한, 그저 푸르기만 한 벌레였다. 베짱이는 작은 다리로 그 벌레들을 끌어당기듯 잡아 그걸 자기 입으로 가져갔다. 베짱이의 입은 뭔가 강철로 만든 정교한 기계에나 있을 법한 장치로 뻐끔, 하고 벌어졌다가는 금방 오므라들며 한꺼번에 닫혔다. 더 작은 벌레들은 우물우물, 이 강자(强者)에게 속수무책으로 삼켜졌다. 삼켜지는 곤충들은 그것이 삼켜지는 것을 보고 있어도 그다지 별다른 감정을 유발시키지 않을 만큼 작고 또한 친근감이 없는 것뿐이었다. 손끝으로 가볍게 짓눌러 보면, 그 작은 벌레들은 청갈색의 반점을 남기고 사라져 버릴 정도다.

베짱이는 어느 날 밤, 어디서 무슨 일이 있었는지, 껑충하게 긴 다리 한쪽을 잃고 날아왔다. 길다란 촉각 하나도 짧게 부러져 있었다.

마침내 어느 날 밤, 그의 제지를 듣지 않은 고양이가 책장

위에서 주인의 밤 친구인 이 불행한 곤충을 잡았다. 실컷 가지고 놀다가 그 베짱이를 잡아먹어 버렸다. 그는 요다음에 다시 태어날 때는 이런 곤충도 좋다고 생각한 것을 떠올리자, 이런 곤충인들 도저히 맘 편한 것이 아닐지도 모른다고 작은 곤충의 생활을 생각해 보았다.

그가 그런 식으로 동화 같은 공상에 잠기며 도취되어 놀고 있는 동안, 그의 아내는 이부자리 밑에서 우는 귀뚜라미 소리를 사무치게 들으며 다른 동화 생각에 깊이 잠겨 있었다.—귀뚜라미 노래에서 겨울옷 준비를 생각하고, 고양이가 뛰어올라도 흔들릴 정도로 텅 비어 버린 그녀의 옷장을 생각하고, 그리고 지금은 갖고 있지 않은 그녀의 여러 가지 나들이옷을 생각했다. 그리고 그 옷들의 줄무늬, 모양, 색깔 등이 하나하나 자세히 또렷하게 떠올랐다. 또한 그것과 더불어 옷 한 벌 한 벌이 지닌 각각의 내력을 회상했다. 깊은 한숨이 그런 생각 속에 섞이고 끝내는 눈물로 변했다. 그녀는 여자 특유의 제멋대로의 주관에 의해, 그녀의 장난감 같은 인생고를 인생 최대의 수난으로 생각할 수 있었다. 그리고 그 비탄은 더구나 호소할 데가 없었다. 이런 것을 새삼스레 말해 본들, 그걸 어떻게 해 보려 하지 않고 "아무것도 없지만 모든 것을 가졌네"와 같은 구절을 그저 들려줄 뿐 혼자 멋대로 살아가는 남편, 상아탑에서 꿈꾸면서 보이지도 않는 인생을 부감(俯瞰)했다고 간주하며 살아가는 남편, 그런 남편을 아내가 못 미덥게 생각하는 것은 어쩔 수 없는 일이다. 그녀는 때때로 이런 산촌에 오게 된 자신을, 그 짧은 과거며 운명을 꿈처럼 더듬어 보았다. 그런데 지금도 아직 무대생활을 하고 있는 그녀의 연기 경쟁자들을, (그녀는 원래 여배우였다) 지금의 자신과 비교하여 화려하게 상상해 보는 일도 있었다.……N이라는 산중의 작은 정류장까지 20리, 마차가 있는 곳까지 10리 반, 어느쪽을 택하건 거기서 다시 철도로 한 시간, 직선 거리로 치면 6, 70리라도 도쿄(東京)까지는 반나절이 걸린다……그렇긴 해도, 어떤 큰 이상(理想)이 있는지는 모르겠으나 이런 시골에서 살겠다고 말을 꺼낸 남편을, 또 그걸 무턱대고 찬성한 그녀 자신을, 특히 전자(前者)를 그녀는 가장 비난하지 않을 수 없었다. 먼 도쿄……가까운 도쿄……가까운 도쿄……먼 도쿄……그 도쿄 거리 거리의 아크 등(arc light), 쇼윈도, 서서히 제철을 맞게 될 극장의 복도, 분장실, 이런 것들이 잠들려 하는 그녀의 눈앞을 천천히 지나갔다.

*

하늘에는 매일 노을이 졌다. 그러나 바로 2, 3주일 전까지

그랬듯 짓무르도록 타 버린 새빨간 하늘은 아니었다. 밑바닥
에는 깊고 쾌활한 황색을 숨기고 표면만이 붉었다. 내일의
더위를 위협하는 석양이 아니라, 내일의 쾌청을 약속하는 저
녁놀이었다. 서북쪽 하늘에 이르는 아주 가까운 어느 언덕의
움푹 패인 곳 사이로 후지산(富士山)이 새하얀 머리만을 드
러내며 저녁놀 속에 뚜렷이 빛나고 있었다. 속될 정도로 유
명한 이 산은, 다만 극히 일부분밖에 보이지 않음으로 해서,
본래의 아름다움을 유지하고 있었다. 요전까지는 서로 중첩
된 저녁구름의 그림자 때문에 구름의 일부인지 혹은 산인지
분간하지 못했던 서쪽 지평으로 이어지는 잿빛 행렬은, 지금
보니 어딘가 먼 산의 연속임이 분명해졌다. 매일 이 저녁놀
을 볼 때마다 오늘도 또 헛되이 보냈다는 평범한 후회가 그
에게 순간적으로 격렬하게 솟구치는 것이었다. 아마, 색채가
유발시키는 감격이 그의 병적인 마음을 그런 식으로 자극하
는 것이리라. 지상의 발치를 보면, 그의 발판인 흙다리 아래
를, 도랑물은 저녁놀이 진 하늘을 비추어 굵고 붉은 선으로
빛나며 흐르고 있었다.

논바닥에는 바람이 제 모습을 물결처럼 곡선을 그리면서
완만하게 꾸물대며 나아갔다. 서늘한 저녁 바람이었다. 논은
아직 누렇다고 할 정도는 아니었지만 이삭은 이미 여물어
있었다. 그래서 다소 고개 숙인 이삭 사이에는 메뚜기가 조

금씩 생겨나기 시작했다. 뱀딸기라는 빨갛고 둥근 열매가 뒹굴고 있는 논두렁에는, 그의 발치에서 메뚜기가 더러 달려 나왔다. 그러자 그의 산책에 동행한 두 마리 개는, 먼저 그걸 발견하자마자 앞발로 눌러 납작하게 만들고는 거기에 빈사 상태로 누워 있는 메뚜기를 맛있는 듯이 먹어치워 버렸다. 그들 중 한 마리는 그걸 발견했다는 점에서 다른 한 마리보다 민첩했다. 그러나 앞발을 사용해서 잡는 단계가 되면 다른 한 마리가 오히려 기민했다. 또, 한 마리는 놓쳐 버린 녀석을 곧 체념하는 듯했는데, 다른 한 마리는 상당히 집요하게 논 속까지 발을 흙탕 속에 집어넣고 뒤쫓는다. 그들도 잘 관찰하면 각각 다른 성질을 지니고 있는 것이 재미있게 느껴지고, 그는 더 한층 그들을 사랑하게 되었다. 벼이삭이 점점 머리를 숙여감에 따라 메뚜기 수는 순식간에 아주 늘어났다. 개는 스스로 앞장서서 그를 안내하듯 매일 논쪽으로 이끌어냈다. 그는 눈앞의 메뚜기를 보면 때때로 그걸 잡아 개들에게 먹여 주고 싶어졌다. 그래서 손가락을 펼친 손으로 그 곤충을 덮어누르려고 했다. 개들은 주인이 그런 자세를 취하면 주인의 의지를 이해한 듯, 자신이 잡으려 하던 것을 도중에 그만두고 주인의 손짓을 눈으로 좇아 주인의 포획물이 제게 주어지기를 기다리는 것이었다. 하지만 그는 대개 다섯 번에 한 번 정도밖에 그것을 잡을 수가 없었다. 그저 잡

아뜯겨진 다리만 쥐고 있거나 했다. 그는 곤충을 잡는 데에
는 그리 능숙하지 못한 편인 개에 비해서도 훨씬 서툴렀다.
그럼에도 불구하고, 개들은 그런 것에까지 주인의 우월을 믿
고 주인을 신뢰하고 있는 것 같았다. 그리고 그가 곤충을 놓
쳐 버린 허무한 손을 펼쳐 보이면, 개들은 의아스럽다는 듯
주인의 손바닥과 주인의 얼굴을 번갈아 가며 대조해 보고,
그들은 똑같이 머리를 갸우뚱거리며 입언저리를 약간 일그
러뜨리고 가련하게 빛나는 눈으로 그의 얼굴을 쳐다보았다.
그것이 자못 주인의 실패에 놀라워하고 실망하면서도 그러
나 까닭 없이 주인에게 애교를 떨고 있는 것 같았다. 그들 개
에게는 참으로 풍부한 표정이 있었다! 그들은 몇 번이고 헛
된 기대를 경험하면서도 역시 자기들보다 주인이 곤충을 잡
는 데에도 뛰어날 거라는 신념을 결코 버리지 않는 것 같았
다. 메뚜기를 잡으려는 그의 자세와 손놀림을 볼 때마다, 그
들은 그들 자신이 이미 성공한 것과 다름없는 곤충을 내버
려두고 주인의 손놀림을 응시한 채, 언제까지나 그 선물을
고대하고 있는 것이었다. 그는 텅빈 손바닥에 실망하는 개들
의 머리를 쓰다듬었다. 개는 만족하고 꼬리를 흔들었다. 그
는 그것이 ― 개들의 맹목적 신뢰가, 또 그것에 보답해 줄 수
없음이 묘하게 안타까웠다. 인간끼리 얼마간의 신뢰를 저버
리는 것보다도 이 순일한 자신의 귀의자에 대한 미안함이

그에겐 오히려 몇 배 이상으로 느껴졌다. 그는 그들이 저 특
유한 맑은 눈빛으로 쳐다보는 게 안타까워, 마침내 눈앞의
곤충을 잡으려는 일종의 반사적인 동작을 시도하지 않도록
세심하게 노력하는 것이었다.

언젠가 그가 손질해 준 그늘의 장미나무는, 덮쳐누르고
있던 나뭇가지며 잎을 그가 베낸 뒤 햇볕을 받고 일주일 정
도 지나자, 이제 그늘의 장미가 아닌 그 가지에는 비로소 발
그레한 싹이 군데군데 보이기 시작했다. 그리고 더욱 이삼
일 후에는 태양의 놀라운 힘이 재빨리 그 싹을 싱그러운 잎
으로 만들었다. 그러나 그는 세수하러 매일 아침 우물가로
오면서도 어느새 장미나무에 관해서는 언제 잊어버렸는지
도 모르게 까맣게 잊어버리고 있었다.

뜻밖에도 어느 날 아침 — 그가 손질을 해 주고 나서 20일
도 채 지나지 않아서다. 그는 우연히 그들 나무의 어느 녹색
선명한 줄기의 새 가지 위에 꽃이 핀 것을 발견했다. 빨갛게,
높이, 단 하나. "길고 긴 감옥 같은 1년 후, 이제야 겨우, 다시
5월이 찾아온 것일까!" 그 말라 가던 나무의 철 지난 꽃은,
환희의 깊은 숨을 내쉬면서 그렇게 말하고 싶은 양, 지금 사
방을 둘러보고 있는 것이었다. 가을이 가까운 햇살은 그것을
향해 내리쬐었다. 오오, 장미꽃. 그 자신의 꽃. "그대 장미여,
꽃 피워라." 그는 불현듯 다시 한 번, 손질을 한 그날의 심정

을 격렬하게 떠올렸다. 그는 높이 손을 뻗어 그 가지를 잡았다. 거기에는 갓난아기의 손톱처럼 선명한 석죽(石竹)색 연한 가시가 있어, 살짝 가지를 잡은 그의 손을 가볍게 찔렀다. 그것은 응석부리는 사랑스런 고양이가 그의 손가락을 약하게 깨문 정도의 가려움을 느끼게 했다. 그는 가지를 휘게 하여 그것을 자기 몸 가까이로 끌어당겼다. 그 유일한 꽃은, 아아! 바로 아네모네 정도의 크기였다. 그리고 그 여덟 겹의 꽃잎은 산벚꽃보다도 더 작았다. 그것은 마당 앞의 꽃이라기보다 오히려 길가에 핀 꽃 같았다. 게다가 그 작고 초라한 기형의 꽃이 소년의 입술보다 빨갛게, 과연 장미 특유의 가련한 자태와 기품을 갖추고, 코를 갖다대 보아 그것이 향기조차 띠고 있음을 알았을 때, 그는 말할 수 없는 감동을 받았다. 슬픔 같기도 하고 기쁨 같기도 한, 그 어느것이라고 구분하기 힘든 감정이 안타깝게 그에게 복받친 것이다. 그건 흡사 주인을 완전히 신뢰하는 저 무지한 개가 맑은 눈으로 물끄러미 올려다보았을 때의 기분과 비슷하면서 더욱더 격렬한 것이었다. 이를테면, 그것은 느닷없이 호기심 어린 충동심에서 친절을 베풀어 주고 지금은 까맣게 잊어버리고 있는 소녀를 후에 우연히 만나, "저는 그때부터 줄곧 당신만을 생각하고 있었어요"라고 하는 말을 듣는 듯한 심정이었다. 그는 일종의 불가사의한 감격에 몸이 떨려 옴을 느끼고 엉겁결에 눈을 깜박거리자, 눈앞의 빨간 작은 장미는 갑자기 흐려지고 양 눈꼬리에서 자기도 모르게 눈물이 배어 나왔다.

눈물을 흘리고 나자, 감격은 금방 사라졌다. 그러나 그는 아직 꽃가지를 손에 쥔 채 멍하니 서 있었다. 뺨은 눈물이 말라, 당겼다. 그는 가만히 자신의 내면으로 시선을 돌렸다. 그리고 마음속에서 몇이나 되는 자신들끼리 나누는 대화를 남의 일처럼 듣고 있었다 —

"바보, 난 흥에 겨워 시인처럼 울고 있어. 꽃에? 아니면 자신의 공상에?"

"후후. 젊은 은둔자가 이런 시골에서 인간성에 굶주리고 계신다?"

"정말이지, 난 지독한 우울증인 걸."

*

어느 날 밤, 마당의 나무들이 술렁거리기에 보니, 조용한 비가 들판을 언덕을 나무를 희뿌옇게 흐리며 그 위에 뿌려지고 있었다. 촉촉히 내리는 초가을 비는, 초가지붕 아래서는 그 발자국 소리도 빗방울 소리도 들리지 않았다. 다만 집 안의 공기를 습기차게, 램프빛을 그윽하게 했다. 그리고 그러한 것들에 둘러싸여 단좌한 그에게 어떤 아련한 심정, 여

수(旅愁)와 같은 심정을 품게 했다. 그리하여 가을비 또한 먼 길 떠나는 쓸쓸한 나그네처럼 이 마을 위를 지나가는 것이었다. 그는 밤에 덧문을 닫으면서 하얀 비의 뒷모습을 지켜보았다.

그런 비가 두 번 세 번 마을을 지나가자, 저녁 바람에 추위를 타는 고양이는 주인 곁으로 다가왔다. 입을 거라곤 홑옷밖에 없는 그도 떨렸다.

어느 저녁 무렵부터 내리기 시작한 비는 하룻밤을 넘기고 이틀, 사흘이 지나도 좀처럼 그치지 않았다. 처음엔 연일 내리는 비에 어떤 심정을 기대어 즐기고 있던 그도, 이제 이 울적한 기후에는 진저리가 났다. 그래도 비는 아직 그치지 않는다.

개의 몸에는 벼룩이 끓었다. 두 마리 개는 기특하게도 서로 상대방의 등이나 꼬리 끝의 벼룩을 잡아주고 있었다. 그는 그들의 동작을 너그러운 마음으로 바라보았다. 그러나 개의 벼룩이 어느 틈에 그에게도 옮았다. 그래서 매일 밤 벼룩에 시달리기 시작했다. 벼룩은 그의 온몸을 무수한 가는 선이 되어 느릿느릿 기어 돌아다녔다.

게다가 운동 부족으로 잠시 잊고 있던 만성 위장병이, 먼저 그의 몸을 우울하게 했다. 그러다 드디어 마음까지 우울하게 했다. 매일 매일의 변함없는 식탁이 그의 식욕을 떨어뜨렸다. 매일 똑같은 음식이 그의 혈액을 부패시키고 있다고 느끼지 않을 수 없었다. 개조차 벌써 물려 있었다. 살짝 코끝을 접시 위에 갖다 댈 뿐, 그들 역시 두 번 다시 거들떠보지 않았다. 그렇지만 이에 대해 그는 아내에게 아무 말도 할 수 없었다. 이 마을에 있는 음식이라곤 이것뿐이기 때문이다.

그의 홑옷은 풀기를 잃고 축축해져 몸에 달라붙고, 발바닥은 비지땀 때문에 끈적끈적하여 앉아 있을 때는 그 발의 땀과 묘한 온기가 엉덩이에 전해져 와, 벼룩은 즐겨 거기로 모여 들었다. 머리카락에도 벼룩이 있는 듯한 느낌이 들었다. 빗으려 하니 차갑게 젖어 멋대로인 머리카락은 뻣뻣하게 엉켜 빗이 부러지고 말았다. 벼룩 집처럼 느껴지는 몸을 씻고 산뜻해지기 위해 목욕을 하고 싶어도, 그의 집에는 목욕통이 없었다. 근처 농가에서는 날씨가 좋은 날은 매일 목욕물을 데우지만, 들일을 하지 않는 요즘의 비오는 날은 일부러 물을 퍼올려 목욕할 필요가 없다고 그들은 말했다. 그래서 농가에는 아침부터 아무 일도 하지 않고 아무것도 먹지 않고 누워 있는 가족도 있었다.

고양이는 매일 매일 밖으로 나돌아다니다 젖은 몸과 흙투성이 발로 집안을 누볐다. 그뿐일까, 고양이는 어느 날, 개구리를 물어다 집안에 날라 놓더니, 추위에 동작이 굼떠진 개구리를 매일 매일 몇 마리고 몇 마리고 물어왔다. 아내는 기겁을 하고 소리 지르며 도망다녔다. 아무리 야단쳐도 고양이는 그 일을 멈추지 않았다. 아내도 소리 지르기를 멈추지 않았다. 희멀건 배를 드러내고 개구리는 방안에서 죽어 있었다. 고양이는 집안을 황야와 다름없이 생각하고 있다. 그리고 집안은 황야와 전혀 다르지 않았다.

어느 날 그의 두 마리 개는 이웃집 닭을 잡아먹다가 그 집 하인에게 들켜 호되게 두들겨 맞고 돌아왔다. 이웃집으로 그의 아내가 사죄하러 갔지만, 원만한 인사라는 걸 배우지 못한 시골 부자의 늙은 마누라는 매우 기분이 언짢았다. 개는 앞으로 꼭 묶어두기 바란다. 꼭 운동시켜야 한다면, 어차피 놀고 지내는 분들이니까 직접 데리고 다니면 된다. 마당 안으로 들어와서는 똥을 내갈긴다, 논이며 밭을 짓밟는다. 밤에는 짖어서 시끄럽디. 그 때문에 아이가 잠을 깬다. 게다가 바로 일주일쯤 전부터 마악 알을 낳기 시작한 좋은 닭을 잡아먹다니 참을 수 없다. 마치 늑대 같은 개다. 만약 또 다시 마당 안에 들어오는 일이 있을 경우, 그땐 못 본 척할 수 없으니 때려잡겠다, 우리 집에는 그 외에도 많은 닭이 있으니까, 하고 뭔가 다른 일로 몹시 격앙되어 있는 마음을 그의 개한테로 옮겨, 히스테리컬한 목소리로 호되게 몰아부쳤다. 그 목소리가 자기 집에 앉아 있는 그의 귀에까지 들려왔다. 이 중늙은이 부인은 개들의 주인이 다른 마을 사람처럼 자신에

게 존경을 보이지 않는다 하여, 진작부터 아주 불쾌하게 생
각하고 있던 터였다. 무엇보다 기묘한 것은, 그녀는 그들 부
부가 아무런 들일을 하지 않는다는 사실에 대한 그녀 자신
의 단순한 해석에서, 그녀의 새 이웃이 뭔가 굉장히 사치스
런 생활이라도 하고 있다고 지레 짐작한 것으로 보인다. 이
런 연유에서 한창 발육이 왕성한 어린 두 마리 개는 매일 쇠
사슬에 묶여 있어야만 했다. 그는 처음 며칠 간은 직접 개를
운동시키러 데리고 나갔다. 두 마리의 개를 혼자 끄는 것은
상당히 힘들었다. 게다가 우산도 받쳐야 했다. 길은 매우 질
퍽했다. 어차피 놀고 먹는 한가한 사람들이다. 운동이라면
직접 데리고 다녀……라고 한 말을 떠올리자, 그는 걸으면
서 슬프게 쓴웃음을 지었다. 어리고 덩치 큰 개들은 웬만한
거리의 운동으로는 도저히 만족하지 않았다. 게다가 그들은
평범한 도로를 싫어하여, 그 속에 발을 들여 놓으면 이슬에
허벅지까지 젖는 논두렁 쪽으로 활기에 넘쳐 쇠사슬을 세게
잡아당기면서 비틀거리는 그를 끌어들였다. 특히 투견의 성
질을 지닌 한 마리는 대단한 힘이었다. 그들의 모습을 이웃
집 늙은 마누라가 집안에서 보고 있다고 그는 생각했다. 실
제로 그런 때도 있었다. 운동 부족으로 짜증을 부리는 개들
은 사슬에 묶인 채, 저녁 무렵이면 주는 밥을 딱 한 입에 본
척 만 척하고 어딘가 겁먹은 쓸쓸하고 긴 소리로 뭔가를 애

원하며 짖어 대었다. 그 소리가 비로 뿌옇게 흐려진 공간을 뚫고 집 맞은편 언덕 쪽으로 전해지면, 언덕에서부터 그 소리는 고통스런 메아리가 되어 되짖어 온다. 개는 그것이 제 소리인 줄 모르고 다시 더욱 격렬하게 되짖었다. 그것이 또 산 쪽으로 울려 퍼진다. 이렇게 언제까지나 개의 먼 울음은 그치지 않는다. 개를 달래 주려고 이름을 불러도 이미 한껏 겁을 집어먹은 개들은, 주인조차 무서워하며 뒷걸음질쳤다. 할 수 없이 그대로 개를 짖게 내버려두면 그 날카롭고 처량한 소리는 그의 마음속 깊이 스며들어 진동을 일으키고 마치 가슴이 두근거릴 때의 심장처럼 그의 가슴을 짓누르는 것이었다. 개는 이렇게 저녁 무렵마다 한바탕 아주 오래 오래 울었다. 어떤 때는 개의 그 소리를 듣고 예의 이웃집에서 "정말이지 지독하게 시끄러운 개야!" 하고 큰소리로 아이가 소리치는 일도 있었다. 그는 예의 늙은 마누라가 제 딸에게 그렇게 말하도록 시키는 것임을 알고, 이 구제할 길 없는 여자에게 속이 끓었다. 고양이는 고양이대로 변함없이 개구리를 물어 와 슬그머니 진흙투성이 발로 어두운 방을 어슬렁거리고 있었다. 그는 때로 고양이를 세게 발로 걷어찼다. 연일의 비에 습기가 차서 잘 타지 않는 땔감 연기가 바람을 따라 하필이면 매일 방으로만 들어차서 천장 가득 무겁게 자욱했다.

낮 동안 개가 얌전할 때, 예의 이웃 부잣집에서는 알을 낳은 닭이 몇 마리고 할 것 없이 사람의 부아를 돋구지 않고서는 못 배기겠다는 소리로 꼬, 꼬, 꼬, <u>꼬꼬꼬꼬</u> 하고 한 시간, 그 이상을 계속해서 울어댔다. 어느 날, 그중 한 마리가 그의 집으로 잘못 들어왔는데 개들이 묶여 있는 걸 보자, 의기양양하게 자꾸자꾸 무리를 지어 그의 마당으로 침입했다. 그러고는 개가 먹다 내버려둔 밥알을 유유히 쪼기 시작했다. 개는 화를 내며 쫓는다. 닭은 잠깐 몸을 뺀다. 화난 개는 소리 높여 짖었지만 닭 무리는 별로 놀라지 않았다. 그 한 무리의 침입자를 내쫓으려고 달음질친 개한테는 쇠사슬이 목걸이를 꽉 거머쥐고 있었다. 안달하면 할수록 제 목이 조여올 뿐이었다. 마침내 그들끼리의 두 개의 사슬이 서로 꼼짝도 못할 정도로 뒤엉켜 있거나 한다. 그리고 그걸 호소하며 짖는다. 그는 빗속을 내려가 어떻게 꼬였는지 알 수 없는 쇠줄을 고쳐주려고 한다. 개들은 기뻐하며 진흙투성이 발을 그의 가슴께에 갖다 올린다. 개들이 가만히 있지 않는 바람에 사슬은 더욱 복잡하게 꼬여 간다. 초조하게도, 아무리 해 봐도 풀리지 않는다. 드디어 개는 비명을 지른다. 한 번 쫓긴 닭은 그 사이에 다시 태연히 툇마루로까지 올라와, 거기에 물똥을 싸기도 했다. 팔을 휘저어 쫓으면 한층 호들갑스럽게 소리를 질러댔다. 그들은 마치 저 심술궂은 여주인의 분부대로 그를 야유하기 위해 온 것처럼 여겨졌다. 그 여주인은 울타리 저쪽에서 그런 광경을 보면서도 일부러 시치미를 떼고 있다. 그의 아내가 그걸 보고 뭔가 빈정거리며 닭을 욕하는 것을 그는 말렸다. 그런 것이 나쁘다고 생각하기보다도 겁쟁이에다 비굴함 때문에 그에겐 불가능한 것이었다. 그러면서 내심은 아내보다 훨씬 분개하고 있는 것이다.

다른 이웃집의 꾀죄죄한 여자애 둘이서 갓난아기까지 업고, 비가 오는 바람에 놀 곳이 없다며 고양이보다 더러운 발과 옷차림으로 그의 집에 막무가내로 왔다. 등에 업힌 아기가 운다. 그리고 셋 모두 보는 것마다 가지려고 한다. 오쿠와 (お桑)라는 이름의 열 세 살 먹은 가장 큰 아이는 벌써 여자특유의 성질을 발휘하여 그의 아내를 상대로 이웃 부잣집의 험담이며 여러 가지 세상 이야기를 수다스럽게 들려 주고 있었다. 그 아이들은 때때로 그가 목욕탕을 빌리는 집의 아이라서 그 아이를 쫓아 보내기가 쉽지 않다고 아내는 말했다. 하지만 사실, 그의 아내는 그런 아이라도 이야기 상대로 하고 싶었던 것이다. 그러나 역시 그의 아내도 시끄럽다고 생각하는 때가 있는 것 같다. "이젠 집에 돌아가렴" 하면, 그 아이들은 하나같이 "싫여, 우리 집은 모두 잔단 말야, 문 닫고. 깜깜해. 아랫집에서 놀다 오라 했단 말야" 하는 것이었다. '아랫집'이란 그의 집을 가리키는 것이다. 개나 고양이

만이 아니라 분명히 이 아이들이 더 많은 벼룩을 업고 올 게 틀림없다라고 그는 생각했다. 그는 안절부절하면서도 남이라고 하면 이런 아이한테조차 움츠러들고 잔소리 한 번 못하는 성질이었다. 그리고 그런 일에는 무신경할 정도로 둔한 그의 아내가 그 아이들에게 빗속을, 두부를 사 와라, 설탕이 없다느니 하면서 너무나 뻔질나게 심부름 시키는 걸 보고 그는 오히려 조마조마해서 아내를 호통쳤다.

그 아이들 집에 목욕하러 가니, 칠십 정도의 장님에다 귀가 잘 들리지 않는 노파가 목욕 솥에 불을 지피면서 여러 가지 도쿄(東京) 이야기를 듣고 싶어했다. 도쿄 이야기가 아닌 에도(江戶) 이야기다. 이 노파는 '연기 같은 옛날'(이라고 투르게네프 같은 단어를 노파 자신이 말했다) 처녀 적에, 에도의 어떤 나리의 저택에서 일을 했다는 둥, 유신(維新)의 난리에 나리가 고후(甲府)의 지방장관이 될 뻔하다가 못 된 이야기, 그해는 정말 재수없는 해로, 산왕님(山王樣 : 도쿄에 있는 日枝神社의 별칭 ─ 역주)의 제사가 만족스럽게 치러지지 못한 것 따위를 띄엄띄엄 늘어놓기 시작하여, 그러다 아직 눈이 보이던 옛날에 본 에도의 질문을 그에게 하는 것이었다. 유신 때문에 시골로 돌아왔다고는 하면서도 그 유신이 어떤 건지는 알지 못했다. "그땐 어떤 세상으로 바뀔까 하고 생각했었는데, 옛날과 전혀 다르지 않아. 이러려면 구태여 그런 난리를 피울 것도 없었는데……"라고 중얼거렸다. 그리고 전차가 지나다니고 공원이 있는 도쿄의 개념은 무엇 하나 갖고 있지 않았다. 그에겐 대답할 방도가 없는 에도의 질문을 끈질기게 물어대는 것이었다. 그러다가 그가 '에도'에 관해서는 사정을 잘 모른다는 걸 알아채자, 처녀 시절의 이 집의 번성, 지금 주인인 아들의 멍청함, 재산도 없는 주제에 구두쇠이고 이웃과도 제대로 잘 사귀지 못 하는 것, 그리곤 생각난 듯이 아이가 매번 놀러가서 방해한다는 것, 당신이 하는 장사는 뭐냐 하는 질문, 지극히 너무나 평범한 것들을 장황하게 들려 주며, 거기에 대해 그것과 똑같이 장황한 답변을 요구했다. 그러잖아도 말주변이 없는 그는 대답할 방도를 알지 못했다. 게다가 이 노파는 대답한들 아무것도 들리지 않을 만큼 귀가 멀었다. "내겐 그린 얘기는 재미없어! 남의 사정 따위야 아무래도 좋아!" 그는 그렇게 소리쳐 주고 싶었다. 이 노파의 장황한 이야기는 결국 무얼 말하는 건지 알 수 없었지만, 어쨌든 그의 기분을 음울하게 하기에 충분했다. 더구나 자신의 상대가 되어 달라고 애원하는 듯한 표정(반쯤 죽어 있고 개의 절반만큼도 풍부하지 못하다)을 담아, 이 노파는 쉰 여섯에 완전히 실명했다는 두 눈으로 그를 올려다보았다. 응시했다. 목욕 솥 불이 한바탕 훨훨 타올라 문득, 허리가 완전히 굽은 노파를 비추자, 한 손에 긴 장작을 쥔 노파는 널찍

한 농가의 큰 곳간, 어두운 배경으로부터 또렷이 떠올라 뭔가 저주를 내뱉는 요술쟁이 노파처럼 보였다.

그 목욕탕을 벗어 나오자, 과연 밤바람이 상쾌하게 금방 목욕을 끝낸 그의 피부를 어루만졌다. 그러나 집으로 돌아와 보니, 그의 아내는 등피가 그을린 램프 그림자 아래에서 고향 어머니에게서 온 듯한 편지를 읽고 있었는데, 그에게는 보여 주고 싶지 않은 듯 갑자기 그걸 길게 감아치우고는 시큰둥한 얼굴로 한숨을 그에게 불어 젖히기라도 할 것처럼 눈물이 반짝거리는 눈동자로 그를 올려다보았다. 뭔가 위협하는 것같이 애원하는 것같이도 보였다. 그 편지를 읽지 않아도 그는 알고 있다. 그에게는 시시한 일이고 그녀들에게는 중대한 무엇이리라. 그녀들은 서로 자신의 괴로운 처지를 털어놓고 있겠지……

그의 집에는 또 한 사람 울기 위해 오는 여자가 있었다. 오키누(お絹)라는 이름의 마흔 가까운 여자였다. 그들이 이 집으로 이사올 때 여기로 안내하고 이사를 거들어 준 여자다. 그 인연으로 그 후, 그의 집으로 가끔 드나들게 된 여자다. 그녀는 신상 이야기를 시작하고서 걸핏하면 울었다. 오키누는 이러저러한 생애를 거쳐 이 마을로 흘러 들어온 여자였다. 처음에 딱 한 번, 약간 호기심에서 그만 이 여자의 신상 이야기에 귀를 기울인 것이 원인으로, 오키누는 그 후

매양 한 가지 이야기만을 되풀이했다. 그는 마침내 오키누의 얼굴을 보면 화가 치밀었다. 참으로 이상하게도, 그는 오키누의 얼굴만 보면 위 근처가 서서히 아파오기 시작하는 것이었다…….

마루 밑에서는 개가 벼룩의 공격을 받고 그걸 쫓느라 몸을 흔들자, 그때마다 흔들리는 쇠사슬 소리가 철걱철걱 하고 그에게 들려왔다. 그는 오키누의 신상 이야기보다도 벼룩에게 시달리는 개한테 더 많은 동정심을 가졌다. 그리고 그는 자신의 등에도, 옆구리에도, 목에도, 머리카락에도 벼룩이 무수히 꿈틀대기 시작하는 걸 느꼈다…….

적어도 빨리 비만이라도 개어 주었으면, 하고 그는 매일 저녁 무렵이 되면 하늘을 쳐다보았다. 그는 어째서인지 저녁 무렵에 하늘을 쳐다보았다. 그리고 별이라도 뜨지 않았나 하고 하늘을 둘러보았다. 별은커녕, 들판은 뿌옇게 흐려 있고 하늘은 그저 끝없이 무거웠다.

사소하고 단순한 사건의 결합 혹은 배열이 매일매일 단조롭게 반복되었다. 그런 것들이 한 번 그의 몸이나 마음 상태에 연결되면, 그것은 온통 우울하고 염세적인 것으로 변했다. 비는 언제까지나 그칠 줄 모른다. 그게 오늘로 벌써 며칠이 되는지 닷새인지, 열흘인지, 이주일인지, 그렇지 않으면 일주일인지 그는 모른다. 다만 어느 날이고 어느 날이고 구

별이 없는 단조롭고 답답하고 지루한 며칠이었다. 감옥 속에서 사람은 이러한 날들을 보내는 것일까? 오오! 그렇다. 그림자가 져서 5월이 되건 8월 중순이 되건 푸른 잎 하나 없이 단지 줄기만이 덩굴풀처럼 멋대로 비틀거리며 뻗어 나간 이 집 우물가, 저 장미나무의 생활이다. 그는 다시 장미를 생각했다. 생각만 한 것이 아니다. 저 그늘진 장미의 우울을 지금은 생활 그 자체로 생각하는 것이다, 이렇듯 날마다 책상 앞에 눌러앉은 채.

장미라면, 그 장미는 언젠가 눈물겨운 ― 사실, 그에게 눈물을 흘리게 한 기형의 꽃을 하나 피운 뒤, 날이 지날수록 좋은 꽃을 피워 자랑해 보이고 있었는데, 꽃은 다시 이즈음의 길고 긴 비에 꽃잎은 온통 종이 조각처럼 너덜너덜해지고 젖을 대로 젖어 부서져 있었다. 부서진 채 피었다.

*

이러한 나날, 그저 심야만이 그에게 위안과 안정을 주었다. 닭이 없는 밤에만 사슬을 풀어 두기로 한 개가 지금쯤 논두렁을 힘차게 뛰어다니고 있을 거라는 상상이, 이부자리 속에서 그를 구김살 없는 기분으로 만들어 주었다.

그런데 어느 날 밤이었다. 대문 밖에서 그의 집에다 대고 소리지르는 자가 있었다. 그때까지 책상 앞에 앉아 생각에 짓눌리고 있던 그가 툇마루 문을 열어 보니, 시커먼 사내 하나가 생울타리와 도랑 맞은편 길 위에 서 있었다. 그리고 그를 향해 거만하게 말을 걸었다. 순사일지도 모른다고 그는 생각했다.

"이건 자네 집 개일 테지?"

"그런데, 무슨 일인가?"

"이거, 무서워서 지날 수가 없네."

그 마을만큼 개를 무서워하는 마을은 아마 전세계에 없을 거라고 그는 생각했다. 이 부근에는 미친 개가 아주 많기 때문이라고 마을 사람이 설명했다. 그리고 그의 개 가운데 한 마리는 순수한 일본 개였다.

"괜찮아. 무섭게 생겼어도 얌전한 개니까."

"뭐가 괜찮은가. 무서워서 지날 수가 없는데."

"미친 개가 아냐. 짖지도 않잖아."

"기르는 사람은 그래도, 기르지 않는 사람은 무섭다구. 좀 나와서 매 두는 게 어때."

이 알 수 없는 작자의 너무나 거만스런 말투는, 그 녀석이 어둠으로 복면을 하고 있기 때문이라고 생각하니 그는 몹시 화가 치밀었다. 그는 갑자기 거기 놓인 지팡이를 집어들자, 우산도 쓰지 않고 길 쪽으로 뛰어나갔다. 비는 가랑비 정도로

만 내리고 있다. 그 모르는 사내는 뭔가 아직 투덜투덜 말하고 있었다. 그리고 어떻게 해서든 이 개를 묶어라, 그렇지 않으면 나는 지날 수가 없다며 고집을 피웠다. 우스울 정도로 개를 무서워하면서 우스울 정도로 혼자서 큰소리치고 있었다. "이건 온순한 개야, 아직 어리니까 사람을 좋아해서 지나는 사람 옆에 가는 거라구"라며 그는 개를 위해 변호했다. 그에게 있어서 지금, 개는 무고한 백성이다. 그 사내는 폭군이다. 그 자신은 의로운 백성이었다. 그 사내가 하는 말이 하나같이 이치에 맞지 않다고 생각한 그는, 결국 큰소리로 그 사내를 욕했다. 그의 아내는 무슨 일인가 하고 툇마루로 나왔는데, 그 모습을 보자 그녀는 어둠의 행인을 향해 계속해서 사죄하고 있었다. 그에게는 그것이 또한 화나는 일이었다.

"잠자코 있어. 비굴한 녀석이야, 사죄할 것 없어. 개가 나쁜 게 아니라구. 이 사내가 겁쟁이인 거야. 아이나 도둑도 아닐 테고……"

"뭐라고, 도둑이라고?"

"자넬 도둑이라고 하진 않았어. 얌전하게 꼬리를 흔드는 개를 그렇게 무서워하는 녀석은 도둑 같다고 했을 뿐이야."

그는 마침내 그 사내를 때려줄 참이었다. 그들은 10미터쯤을 사이에 두고 언쟁을 하고 있었다. 그곳으로 모르는 사내 뒤에서 초롱 하나가 왔다. 그리고 사내를 향해 뭔가 말했는데 초롱은 그가 있는 쪽으로 다가왔다. 녀석들은 한 패야, 하고 그는 금방 생각했다. 만약 옆으로 와서 뭐라 말하기만 하면, 하고 그는 지팡이를 되잡아쥐고 태세를 갖추었다.

"그냥 참으세요. 아버지는 술을 드셨으니."

그 초롱사내는 오히려 그에게 사과하고 있었다. 그는 상대가 술주정뱅이였음을 알자, 갑자기 자신이 바보스러워졌다. 그러나 그는 웃을 수도 없었다. 그때 어떤 설명하기 힘든 심정에서, 태세를 갖춰 쥐고 있던 자신의 지팡이를 쳐들자, 그는 자신 앞에서 영문을 모른 채 꼬리를 흔들고 있는 개를 세게 내리쳤다. 개는 느닷없이 얻어맞고 깽, 깽, 하고 외치며 집안으로 도망친다. 맞지 않은 개도 따라서 도망친다. 그는 멍청히 거기에 서 있다가 혀를 차고, 그 지팡이를 도랑 속에 내동댕이치더니 성큼성큼 집으로 들어갔다. 개는 두 마리 모두 마루 밑 깊숙이 몸을 숨기고 있었다. 그리고 마당으로 들어온 그를 보았을 때, 그들은 가늘고 슬픈 소리를 내며 호소하듯 짖었다. 지팡이를 버려도 여태 쥐고 있던 그의 손바닥은 끈적끈적 땀이 배어 있었다.

"두고 보라지. 마을 사람들을 모아 저 개를 때려 죽이고 말 테다." 주정뱅이는 그렇게 말하면서 초롱을 든 젊은 사내에 이끌려 지나갔다.

주정뱅이가 내뱉고 간 말이, 그날 밤부터 그에게는 꽝장

한 걱정거리가 되었다. 정말로 마을 사람들이 개를 때려 죽이지는 않을까 하고 생각하니, 신상 이야기로 울던 그 뚱보 여자가 언젠가 그에게 들려준 말이 떠올랐다 — "이 마을에선 겨울이 되면 개를 잡아먹지요. 조심하세요, 댁의 개는 어리고 살이 쪘으니 마침 잘 됐다는 둥, 농담일 테지만 그런 얘길 하고 있었어요."

버린 지팡이는 생각하면 할수록 대단히 아까운 물건이었다. 그건 당초무늬 꽃을 조각한 은 손잡이가 달린 지팡이였다. 별로 그렇게 아까워할 만한 물건이 아닌데도, 그에게는 이상할 정도로 아까웠다. 그 다음날, 그는 개를 운동시키는 척하고 그 지팡이를 찾기 위해 도랑을 따라 1킬로 이상이나 길을 내려가 보았다. 그 깨끗한 도랑물은 매일의 비로 마구 흐려져 있었다. 지팡이는 아무데도 눈에 띄지 않았다. 그는 그런 식으로 지팡이를 잃어버린 사실을 아내에게도 비밀로 하고 있었다. 너무 부끄러운 일이었으므로.

지팡이와 주정뱅이가 내뱉은 말이, 그 자신조차 때때로 우스울 정도로 신경이 쓰인다. 차라리 그때 그 사내를 때려 주었으면 좋았을 텐데 — 그는 이부자리 속에서 참을 수 없이 분해 하는 때도 있었다……혹시 개가 괴롭힘을 당하지는 않을까, 하고 한밤중 풀어 두는 것이 걱정되기 시작했다. 신경을 곤두세우면서 유심히 귀기울이면, 개의 비명 소리가 들린다. 부랴부랴 툇마루로 나가 문을 열고 휘파람을 불면, 개는 곧바로 어딘가에서 돌아온다. 울고 있는 것은 다른 개였다. 그러나 휘파람을 불어도 이름을 불러도 쉽게 돌아오지 않는 수가 있다. 그리고 한층 요란하게 계속 짖어댄다. 그럴 때엔 안절부절 가만히 있을 수가 없다. 그의 아내는 저건 우리 집 개가 아니라든가, 어디에도 울고 있는 개는 없다라고 말하며 처음에는 그를 상대해 주지 않다가, 그가 너무나 귀찮게 말하므로 이 망상은 어느새 아내한테까지 감염되었다. 그들은 저주받은 사람처럼 전전긍긍했다. 게다가 램프 불꽃이 어떻게 된 셈인지 매일밤 퐂, 퐂, 하며 쉬지 않고 흔들려, 어디를 어떻게 해 봐도 고쳐지지 않았다. 그는 자신의 불안한 마음을 보듯 램프의 흔들리는 심(芯)을 응시하며 짜증을 부리고 있었다. 어느 날 밤, 심상찮은 개 울음 소리가 들리기에 마당에 나가 보니, 레오는 자못 급함을 알리는 듯한 모습으로 그를 보고 짖어댄다. 먼 곳에서는 후라테의 비명이 애절하게 들려 온다. 그는 레오의 뒤를 따리 비명 소리 쪽에다 후라테! 후라테! 하고 외치며 개가 있는 곳을 찾아 헤맸다. 이윽고 돌아온 후라테를 보니, 얼굴 반쯤과 몸이 진흙투성이였다. 후라테는 진흙 위에 몸을 비벼대며 꼼짝 못하고 있었으리라. 어딘가에서 환호성처럼 사람 웃음 소리가 들려 온다…… 그날 밤 이래, 개는 한밤중 그저 한두 시간만 풀어준 뒤 다시 묶어 놓기로 했다. 또한 쇠고리 장소를 현관 토방 안으로 바꾸었다 — 사람이 지나 다니는 마당 구석에서는 가령 묶어 두어도 안전하지 못하기 때문이다. 그러나 묶기 위해 부른다는 걸 알자, 개는 불러도 좀처럼 돌아오지 않았다. 돌아와도 주인들의 표정을 보면서 마당 안을 도망다니며 쉽게 잡히지 않았다. 그래서 먹을 걸 주고 유인해 봐도 사슬 곁이라면 다가오지 않았다. 투견 혈통이라 튼튼한 발과 굵은 어금니를 가진 후라테는, 어느 날 밤 자신의 사슬 한가운데를 물어 끊고 사방 벽에서 도망치기 위해 마루밑 흙에 큰 구멍을 내고 커다란 덩치로 기어나와, 사슬 반쯤은 목에 늘어뜨리고 질퍽질퍽한 땅에 끌면서 한밤중 즐겁게 놀러다녔다. 그걸 주인에게 알리기 위해, 그래서 자신도 해방되고 싶어서 레오는 세차게 울어댔다.

그가 한밤중에 개에 대해서 걱정하는 것을 낮에 다시 생각해 보니, 아무래도 이건 일종의 강박관념이라고 깨닫지 않을 수 없었다. 개인들 제 힘으로 자신을 보호하는 것쯤은 알고 있겠지……. 그리고 하찮은 개에 관해서만 생각하고 있는 자신이 부끄럽고 한심했다. 그러나 밤이 되면 역시 "내 개는 도둑맞는다, 살해된다! 틀림없다!" 지금, 개는 그에게 있어 단순한 개가 아니었다 — 뭔가 어떤 상징이었다. 사랑한다고 하는 것은 진정 그것으로 인해 괴로워하는 것이었다.

지팡이도 좀처럼 잊을 수 없었다. 개 걱정이 없을 때는 은 손잡이가 달린 지팡이가 그 장식무게 때문에 머리 쪽만 약간 잠긴 채 흐려진 도랑 속을, 간간이 떴다가 가라앉았다가 하면서 어딘가를, 그래서 끝없이 먼 어딘가로 떠내려가는 모양을, 그는 자주 이부자리 속에서 공상하고 있었다.

*

비는 하루 가랑비가 되었는가 싶으면 그 다음날은 전보다 더 한층 심하게 내린다. 그러다가 그 다음날은 또 가랑비가 된다. 그러나 그 다음 다음날은 다시 퍼붓는다…… 이 간헐적인 비는 며칠이고 쏟아진다…… 며칠이고, 며칠이고 쏟아진다…… 그의 심신을 썩히려고 쏟아진다……, 세계 그 자체를 썩히려고 쏟아진다…….

무엇이든썩어라…,

    썩으려면썩어라…,

멋대로썩어라…,

    썩어라썩어라…,

네머리가…,

    맨먼저썩어라…,

    …………………,

··,

··,

··,

··,

··,

소리 없는 코러스는 집밖 사방에서 와, 그의 집안 가득 으스스하게 어두침침하게 떠돌고, 보고 있노라면 빗줄기는 그런 리듬으로 떨어진다. 북쪽 창문 쪽을 봐도 남쪽 창문 쪽을 봐도 그 우울한 리듬의 무한한 횟수를 되풀이, 되풀이하며 떨어진다……. 며칠이 지나면 그친다는 희망도 없이 쏟아진다…….

*

여기 언덕이 하나 있다.

그의 집 툇마루에서 볼 때, 마당의 소나무 가지와 벚나무 가지는 서로 양쪽에서 튀어 나와 엉키고 거기에 반구형 공간이 생겨, 나무와 나무 사이의 가지와 잎이 만드는 아치형 곡선은 생울타리 윗부분의 곧은 직선으로 밑에서부터 떠받쳐지고 있었다. 말하자면 그것이 녹색틀을 이루고 있었다. 액자였다. 그리고 그 액자 공간의 아주 깊숙한 데서 언덕은 다소 멀찍이 보이는 것이었다.

그는 언제 처음 이 언덕을 발견한 것일까? 어쨌든 이 언덕이 그의 눈을 끌었다. 그리고 그는 이 언덕을 매우 좋아하게 되었다. 요즘의 길고 울적한 매일 매일의 비에, 그의 가라앉은 마음의 창인 눈동자를 인생의 우울로부터 돌려 외부로 향할 때마다, 그의 눈동자에 비춰 오는 것은 바로 언덕이었다.

그 언덕은 특히 마당의 나뭇가지와 잎이 만든 저 반구형 액자를 통해 볼 때에 저절로 하나의 별천지 같은 정취가 있었다. 적당한 거리 그리고 현실보다 몽환적이고 몽환보다는 현실적인, 게다가 비의 농담(濃淡)에 따라 어떤 때는 그에게로 다소 가까워지고 어떤 때는 훨씬 멀어진 듯이 느껴졌다. 어떤 때는 젖빛 유리를 통해 보는 듯이 희미했다.

그 언덕은 어딘가 여자의 허리를 닮은 느낌이었다. 여유 있는 감정을 지니고 굽이치며 우아하게 제각기 방향으로 달리고 있는 무수한 곡선이 밀려 올라가 아치 모양으로 만들어진 하나의 입체형이었다. 또한 녹색 액자 속에 감쪽같이 들어앉은, 이를테면 가장 대담하게 전개되면서도 발단과 대단원이 무난하게 조응되는 소설처럼, 그 경치는 아름답고 조금도 무리가 없이 또 옹졸하지 않게 그 위에 펼쳐지고 있었다. 그건 어딘가 고대 그리스 조각에 있다고 알려진 차분하고 활기찬 미(美)를 넉넉하게 띄우고 있었다. 그것은 고상하고 애교 있는 미소를 짓는 여자의 입매를 닮았다. 언덕 꼭대기에는 잡목림이 있는데 그 나무는 모두 손가락을 하늘로 향해 벌린 듯 가지가 뻗어 있고, 그가 서 있는 장소에서는 한 치나 다섯 치 정도로 보인다―어떤 때는 한 치 정도로, 또 어떤 때는 다섯 치 정도로 느껴진다. 단발머리처럼 가지런히 서 있는 숲은 민둥민둥한 언덕을 이마로 삼아 꼭대기에만 아름답게 머리가 돋아난 듯이 보인다. 그러한 숲과 하늘이 만나는 경계선에는 극히 미세한 기복이 있어 그것이 더할 나위 없는 리듬을 이룬다. 약간 부족하다 싶은 부분은 그 숲의 주인집 초가지붕이 하나, 단조로움을 메꿔 준다. 그리고 풍성하게 들어 올려진 녹색 우단 같은 허리에는, 수백 그루의 세로줄이 서로 규칙적인 거리를 두고 나란히 언덕의 경사진 표면을 위에서 아래로 활모양으로 미끌어져 내려와, 뚜렷한 다이묘(大名)무늬를 그려내고 있었다. 그것은 녹색 줄무늬 마노(瑪瑙)의 절단면이다. 그건 아마 삼나무나 노송나무, 혹은 뭔가의 못자리이기 때문이리라. 하지만 그런 건 아무래도 상관없다. 다만 이 언덕을 이토록 회화적, 장식적으로 보여 주는 데는, 자연의 사소한 인공성(人工性)이 우연치 않게 이를 위해 가장 눈에 띄는 효과를 곁들여 주고 있는 것이었다, 마치 숲 속에 지붕이 보이듯. 게다가 이 경우 어디부터 어디까지가 자연 그대로이고, 어디가 인간이 만든 것인지는 이제 구별할 수 없다. 자연 위에 일궈 놓은 인간의 노동이 자연 속에 적절히 용해되어 있다. 이 얼마나 아름다운가! 그걸 보고 있으면 포근하고 그리웠다. 내가 살고 싶은 예술의 세계는 저런 곳이건만…

"뭘 그리 뚫어지게 보세요?"

그의 아내가 그에게 묻는다.

"응, 저 언덕. 저 언덕말야."

"저게 어때서요?"

"어떻긴……예쁘잖아. 말할 수 없이……"

"그래요. 어쩐지 기모노 같아요."

이 언덕은 수수한 취향의 옷차림을 하고 있다고 그의 아내는 생각한다.

그것은 초록만으로 그려진 단색화였다. 그러나 이 모노크롬은 모든 뛰어난 것들과 마찬가지로 거의 무한한 색채를 단색 속에 담고 있었다. 보면 볼수록 풍부함이 넘쳐 나왔다. 일견 그저 하나의 초록 덩어리이면서 동시에 그것은 부분부분에 따라 천차만별의 초록이었다. 그리고 쉽게 변할 수 없는 하나의 색조를 짜내고 있었다. 가령 하나의 초록 구슬이 오직 그 자신의 초록을 기조로, 반들거리는 하나하나의 면에 따라 제각각 상이한 색깔과 효과를 낳는 모양과도 흡사했다.

그의 눈동자는 늘 기뻐하며 그 언덕 위에서 휴식을 취한다.

"투명한 마음을! 투명한 마음을!"

언덕은 그의 눈동자를 향해 그렇게 말을 걸어왔다.

어느 날. 그날은 전날 밤부터 비가 뚝 그치고 아침부터 약간 찌푸려 있었다. 겨우 정오 무렵이 되자, 구름에 싸여 태양의 윤곽조차 어렴풋이 하늘 깊숙이에서 계란 색깔로 보이기 시작했다.

그의 아내는 가을 옷 준비를 핑계로 도쿄에 갔다 오겠다고 말했다. 그녀는 하늘의 일기를 걱정하기보다 남편의 일기가 바뀌는 걸 염려하여 일찌감치 점심을 해결하고는, 매일 밤 동경하는 도쿄로 허둥지둥 외출했다. 마음은 필시 몸보다도 세 시간이나 빨리 도쿄에 닿았음에 틀림없다.

그는 혼자 멍하니 툇마루에 앉아, 딱히 무얼 본다기보다 매일 시선을 향하는 저 언덕을 바라보고 있었다. 그때 그 언덕의 전체적인 정취가 왠지 여느 때와 다르다는 것을 그는 알아차렸다. 그건 아무래도 단지 하늘의 햇살뿐만이 아니다. 하지만 원인을 전혀 알 수 없었다. 이쪽저쪽 둘러보는 동안 그는 겨우 생각나서 책상서랍에서 안경을 찾았다. 그는 꽤 심한 근시이면서 요즘은 가끔 안경을 끼는 일조차 잊고 있었다. 아무 일도 하지 않는 요즘의 그에겐 안경도 거의 쓸모가 없어졌으니까. 그리고 바로 안경을 끼지 않는 것이 그를 한층 신경쇠약으로 만든다는 것도 모르는 채. 안경을 끼고 보니, 천지가 전혀 색다르게 보이기 시작했다. 오늘은 천지 간에 뭔가 환희와도 같은 걸 볼 수 있었다. 하늘이 밝기 때문이다. 언덕은 아주 잘 보였다. 과연. 언덕은 여느 때와 달리 보인다 — 언덕의 잡목림 위에는 까마귀가 무리지어 있었다. 엷은 햇살을 받아 언덕 허리는 그 기복이 둥글게 다듬어진 듯하고 매끈하게 초록으로 빛나고 있다. 묘목밭 수백 그루의 세로줄 무늬 — 과연, 달라 보이는 것은 거기다. 그 세로줄 무늬의 줄과 줄 사이의 지면을 자세히 보니, 왼쪽 한 귀퉁이를 중심으로 하여 위로 펼쳐진 부채꼴로, 삼각형으로, 여느 때의 초록색 지면이 어쩐 셈인지 검은 자주빛으로 바뀌어 있는 것이다. 도대체! 어느 틈에 이렇게 바뀐 것일까? 무엇 때문에 바뀐 것일까? 그는 참으로 신기한 느낌이 들었다. 그는 세상에 진기한 큰 사건이라도 발생한 듯, 오랫동안 그 언덕 위를 응시했다. 언덕은 그에게 어떤 페어리랜드(fairyland)와 같이 생각되었다. 아름답고 앙증맞게, 더구나 오늘은 거기다 신비스러움조차 띠고 있는게 아닌가.

　이렇게 오랫동안 보고 있으려니, 언덕 표면의 자주빛과 초록의 경계 부분이 저절로 쑥쑥 들어 올려져 그 자주빛 영역이 자연히 조금씩 넓게 퍼져 나가는 것 같았다. 더욱 눈동자를 고정시켜 보니 — 그러자 양 미간이 조금 아팠다 — 거기에는 아주 아주 작은 난쟁이가 있어, 허리를 굽히고 꼼지락거리며 열심히 초록을 수확하고 있는 것이었다. 저 묘목과 묘목들 사이에 농부가 뭔가를 심어 둔 거겠지. 그러나 언뜻 보기엔 농작물이 베어지고 있다기보다 자주빛 흙이 지금 쑥쑥 들어 올려지고 있는 것처럼 그의 눈은 느꼈다.

그는 신기한 망원경 속을 들여다보며 그 속에 페어리랜드의 요정이 일하고 있는 걸 보기라도 하듯, 이 작은 언덕에 어떤 초월적인 심정을 불러일으켰다. 그리고 마치 아이가 만화경을 들여다보듯 눈 하나 깜빡이지 않고 동경의 심정으로 골똘히 바라보았다. 그는 마침내 담배통과 방석을 툇마루까지 가지고 나와 저절로 들어 올려지는 자주빛 흙을 지루한 줄 모르고 응시했다. 자주빛 흙은 솟구치듯 들어 올려진다. 자꾸 자꾸 들어 올려진다. 자주빛 영토가 초록 영토를 순식간에 한쪽 끝에서부터 침략해 간다, 그러자 엷은 햇살이 차츰 밝아 온다. 느닷없이, 저녁 햇살이 조금씩 개이는 서쪽 구름의 가느다란 틈새에서 한 덩어리로 흘러넘쳐, 언덕 위에 내리쪼였다. 언덕은 춤추는 광선 속에서 갑자기 빛을 발하기 시작한다. 그 언덕 위에 색채가 있는 풋라이트(footlights)가 비치는 것처럼. 언덕 위에서는 요정도 잡목림도 길고 짙은 그림자를 땅에 끌었다. 그리고 페어리랜드의 풍경은 한층 선명하게 떠올랐다. 방금 막 들어 올려진 자주빛 흙은 오르간의 가장 낮은 음색을 내며 뭔가 일제히 소리를 지를 것만 같다. 언덕 꼭대기 숲 속의 풀지붕은 윤기를 내고 그 속에서 짙은 하얀 연기가 잇달아, 마치 향로 연기처럼 한 줄기로 피어올랐다. 그리고 그는 지금, 황홀한 페어리랜드의 왕이었다.

천지의 영광은, 자연 그 자체의 황홀은, 한순간의 꿈처럼 저녁 해가 구름에 가리웠을 때 사라졌다. 저녁 해는 구름, 그 다음엔 한층 검은 구름과 먼 지평끝 산들 쪽으로 떨어져 갔다. 저 가느다란 구름 틈새에 밝고 찬란한 빛의 흔적을 남기고.

정신을 차려 보니 언덕은 이미 완전히 자주빛으로 변해 있다……요정의 일이 끝났기 때문이다……. 정신을 팔고 있는 사이, 어느새 사위는 담뿍 어두워져 있었다. 그래도 그의 눈동자 속에는 페어리랜드의 언덕만이, 여전히 어둠 속에 또렷이 보이는 것 같다. 마침내, 언제까지나 보이리라 생각했던 언덕도 보이지 않게 되었다……

*

그가 정신을 차려 이제 페어리랜드의 왕이 아닐 때, 어둠은 먼 들이나 산에서 밀려와 온 방에 이미 빼곡히 들어차 있었다. 그의 주변은 완전히 암흑이었다. 그는 우선 램프에 불을 붙여야지, 하고 담배통에 있던 성냥을 그었다. 그리고 집 안 도처에서 성냥을 그었다. 램프가 있는 곳을 찾아내기 위해서였다. 하지만 어디에 두었는지 좀처럼 찾을 수 없었다.

도무지, 요즘 그에겐 그런 일이 실로 자주 있었다. 램프처럼 그리 큰 물건이 아니라도, 그대신 방금 전까지 자신의 손에 있었던 것, 예를 들면 펜이라든가 담뱃대라든가 젓가락이라든가 그런 것들이 돌연 어딘가로 보이지 않게 되는 것이다. 그리고 잠시 모습을 감추고 있던 그러한 물건들은 나중에야 미처 생각지도 못한, 그러면서도 생각해 보면 극히 당연한 장소에서 혹은 그때 주의깊게 찾았음이 분명하다고 여겨지는 엉뚱한 장소에서 불쑥 튀어 나온다. 그러나 찾을 때는 참으로 심술궂게도 그것은 결코 모습을 드러내지 않는다. 그런 일쯤은 누구에게나 흔히 있는 일이다. 그러나 요사이 그에게 일어나는 만큼 그렇게 빈번히는 결코 누구에게나 일어나지 않는다. 그에게는 요즘 그런 일이 하루에 적어도 두세 번은 반드시 생겼다. 그 사소한 일이 그럴 때마다 그에겐 얼마나 중대하게 보이는지. 참으로 불가사의한, 신비롭다고까지 생각되는, 오히려 치명적이라고조차 말하고 싶은 사건이라고 그는 느꼈다. 누군가 눈에 보이지 않는 사람이 있어 잠시 물건을 숨기고 있는 거라고도 생각했다. 그래서 그의 소유물이 이렇듯 매일 두세 개씩 신변에서 감쪽같이 사라지고 마는 거라고 그는 느꼈다. 따라서 램프 때에도 "또 그거군"이라 여기면서 그는 더 이상 찾는 일을 우선 단념하기로 했다. 그건 묘하게도 단념하면 할수록 빨리 나오는 것 같으니까. 그는 그걸 깨닫고 옷장 위에서 손더듬으로 촛대를 집어내렸다. 거기에 음울하고 빨간, 흔들리는 불을 켰다.

그러한 밤, 그런 시골, 게다가 혼자 있을 때, 사방을 아직 문단속 하지 않은 집이 그를 기분 나쁘게 했다.─뭔지 알 수 없는 이상한, 가령 도둑처럼 신원이 분명하지 않은 별종의 침입자, 결국 정체불명의 침입자를 멋대로 출입하도록 내버려 두고 있는 듯한 느낌이 드는 것이었다. 두껍닫이는 그것의 성질상, 집 구석 구석에 있었다. 타고난 겁쟁이에다 요즘엔 더욱 그 도에 있어, 신경질적인 아이 말고 보통사람 치고는 도저히 동정은 커녕, 이해받기조차 힘들 정도가 된 그에게는 집 구석 같은 장소마저 불안한 곳으로 생각되기에 충분했다. 그가 거기에 서서 한 장 한 장 문을 닫아 나가면, 문 구르는 소리가 들판 쪽으로 무겁게 기어나가 거기서 공허하게 반향되었다. 그 소리에 겁먹은 걸까, 여태까지 조용히 잠들어 있던 그의 두 마리 개가 그때 마루밑에서 희미하게 나오더니, 또 여느 때와 다름없이 저녁 무렵의 먼 울음을 시작했다…… 열 장이나 되는 툇마루 문을 닫아 버리고 또 하나 반대쪽에 있는 짧은 툇마루 문을 닫으려고 6조 방(다다미 여

섯 장을 깐 방—역주)으로 건너가 발을 들여놓았을 때다. 그 곳의 도코노마(床の間, 일본식 방의 상좌에 바닥을 한층 높게 만든 곳—역주)에 우두커니 서 있었다! 램프가. 지금까지 그토록 찾았고 여기인들 꼼꼼하게 찾아본 장소가 아닌가! 여느 때와 마찬가지로 작은 물건도 아니고 이렇게 큼직한 것이. ……그렇게 생각하자, 그는 거의 공포에 가까운 어떤 느낌을 받았다. ……이래서는 램프에 쉽사리 손을 댈 수 없다. 집으려고 무심코 손을 내민 순간, 그것이 자신의 눈앞에서 또다시 없어지기라도 한다면……그에게는 그렇게 상상되었다. 그 상상을 터무니없다고 자제하면서 그는 용기를 내어 램프에 손을 뻗었다. 램프는 다행히 진짜였다.

램프에 불을 켜고, 문을 닫고 화로 앞에 왔을 때, 차를 마시려 해도 뜨거운 물이 없음을 그는 깨달았다. 숯은 새하얀 재가 되고 낮에 펄펄 끓으며 신음 소리를 내던 쇠주전자는 그 속의 물과 함께 차갑게 식어 있었다. 그것도 당연한 일이다. 그의 아내가 열 한 시 경에 외출했을 때 그걸 그대로 둔 채였고, 그는 이후 숯을 계속 집어 넣지 않았으니까. 숯은커녕 그에겐 저 페어리랜드 언덕 이외, 세계에는 아무것도—자기 자신조차도 없었으니까. ……마침 적당하게 그 먼 울음이 오늘은 뜻밖에 짧게 끝났구나라고 생각했는데, 이번엔 개두 마리가 킁킁 콧소리를 내기 시작했다. 이것은 그들의 저녁밥 재촉이었다. 공복인 것은 그들과 고양이만이 아니다. 그 자신도 아까부터 이상하게 가슴이 두근거리는 겁쟁이 기분에다 으시시 추운 것도 그중 한 가지는 분명 이 때문이라고 생각했을 정도로 공복을 느꼈다. 그러나 저녁 식사를 하려면 오늘밤은 우선 밥을 지어야만 했다 ― 느닷없이 도쿄에 간다고 말을 꺼낸 그의 아내는 기차시간 사정으로 그 준비는 해 둘 수 없다고 장황하게 핑계를 대고는, 정류장으로 가는 길에 오키누에게 부탁해 두겠노라고 말했다. 하지만 어젯밤에도 오키누의 신상 이야기를 이미 열 번이고 들어서 시달린 그는, 아내에게 쌀을 씻어 물을 맞추게 하여 스스로 밥을 짓기로 했었다. 불 없는 화로 앞에 주저앉아, 그는 하룻밤 정도 밥 같은 건 안 먹어도 괜찮다고 생각했다. 그렇지만 이렇듯 개들에게 졸려서 늘상 배고픔을 참는 녀석들의 공복을 상상해 보았을 때, 그는 밥을 짓지 않을 수 없었다. 요즘은 깜빡하는 사이 해가 넘어가니까 서둘러 준비를 해야 해요……라고 일러준 아내의 말을 떠올리면서 그는 자신을 부엌 쪽으로 이끌었다.

그는 개를 사슬에서 풀어주고 부엌으로 불러들였다. 어두침침한 구석이 많은 부엌은 그 혼자서는 약간 쓸쓸했기 때문이다. 개들은 주인의 심정을 잘 알고 있다는 듯이, 토방에 쭈그리고 앉은 그 옆으로 와서, 후라테도 레오도 두 마리 모두 그에게 바싹 다가앉았다. 고양이는 고양이대로 그곳의 마루방 끝에 와서 그의 얼굴 가까이 웅크렸다. 이렇게 해서 그의 묘한 일가족이 말발굽 같은 모양으로 높이 쌓아 올린 흙으로 만든 아궁이 앞에서 적적하고 고요한 단란을 이루었을 때, 그는 겨우 마음 든든하게 생각했다. 그리고 그는 불을 지피기 시작했다. 불쏘시개만은 잘 탔다. 그것이 활활 타오르자, 그의 마음도 밝아졌다. 하지만 불은 금방 꺼져 버리고 그가 던져넣은 두세 개 장작에는 한사코 불이 붙지 않는다. 그는 그저 되는 대로 불쏘시개를 태웠다. 오랜 비로 장작이 젖어 있었기 때문이다. 그리고 불쏘시개는 — 이런 것쯤 좀더 넉넉하게 준비해 두면 좋을 텐데! 얼마 남지 않은 불쏘시개는 대여섯 번 지피는 동안 이미 거의 부스러기조차 없었다. 그는 생각한 뒤 석유통을 가져왔다. 주저주저하면서 장작 위에다 석유를 끼얹었다. 곧 석유는 땅에서 3, 4치 떨어진 곳에 크고 가벼운 불덩이를 만들며 타올랐다. 달음질치듯 타올랐다. 신경질적으로 타올랐다. 그것은 거의 아무런 정신적 통일이 없는 사람의 — 그 자신과 같은 사람의 흥분을 방불케 하며 타올랐다. 사려 없이 이성을 몰각하고 그러면서 힘없이, 오직 단숨에 타올랐다. 금방 푹 기세가 꺾여 밑불이 되었다. 석유는 그저 그것이 있는 동안 그 자신만 타올라, 다 타버리자 그토록 컸던 화염 덩어리는 몇 개의 작은 것들로 뿔

뿔이 흩어져 하나하나가 장작 위를 기어다니면서 작고 푸른 불꽃이 깜박깜박 핥고 있는가 하면 어느새 꺼져 있었다. 퀴퀴한 냄새와 칙칙한 색을 지닌 특유의 연기, 마치 난데없는 감격 뒤에 찾아오는 무거운 기분을 닮은 연기가 한꺼번에 우르르 엉켜 자못 께느른하게 올라갔다. 그것은 고양이가 깜짝 놀라 튀어오르고 두 마리 개가 동시에 얼굴을 돌렸을 정도로 엄청났다. 그는 똑같은 것을 한 번 더 시도한 끝에 석유는 장작에 뿌리기보다 흙 위에 흘린 쪽이 마지막까지 타오르고 있음을 발견하고 (실제로 그는 석유가 타는 법에 대해 초조해 하는 자신의 감격의 구체화를, 예의 병적인 면밀함으로 빈틈없이 연구자처럼 줄곧 지켜보았다) 그는 다시 아궁이 밑에서 석유가 탄 흔적으로 겉만 까맣게 그을려 있는 장작을 아궁이 밖으로 일단 꺼냈다. 그리고는 아궁이 밑의 재 위에다 석유를 있는 대로 한껏 부은 다음, 그 흙 위에 장작을 얼기설기 쌓아 올렸다. 거기에 불붙은 성냥을 한줌 던져 넣었다. 약간의 검은 연기와 큰 불꽃이 솥 밑으로 마음껏 토해져 나왔다. 그것은 곧 조금씩 장작으로 옮겨붙어 타오르기 시작했다.

"잘 한다! 잘 한다!"

그는 자신도 모르게 소리를 지르고 그렇게 혼잣말을 했다. 그 낮은 목소리를 듣고 후라테는 갸름하고 뾰족한 얼굴을 들어 그 의미를 묻기라도 하듯 그의 얼굴을 쳐다보았다.

겨우 조금씩 타기 시작한 장작은 진심으로 감동받은 인간의 힘찬 감격처럼 믿음직스러운 것이었다. 오오! 타오르는 불이란 얼마나 기쁜가. 그와 그의 개는 똑같이 눈동자를 빛내면서 미개인들이 신(神)으로 숭배한 타오르는 불을 응시했다. 그때 불꽃 위에 쏠린 그의 눈동자에 문득 아무런 연관도 없이 아내의 뒷모습이 아주 조그맣게 — 저 요정만큼 조그맣게 보이는 듯한 느낌이 들었다. 타오르는 불 속에 있는 그의 아내는 어쩐지 굉장한 인파 속에 있는 듯이 느껴진다……. 단순한 상상이 아니라 그건 눈앞에 어른거리는 환영에 가깝다 — 환영이란 이런 것일까 싶은 형태로 그런 공상이 예기치 않게 그에게 일어났을 때, 아아 활동사진을 보고 있군! 하고 그는 직관적으로 생각했다. 그 다음엔 반쯤 자신의 의지로 그의 공상은 도쿄의 특히 사람이 많은 장소를 향해 나아갔다. 그러자 다음 순간……어쩌면 자신도 지금쯤 그 인파 속을 걷고 있는 건 아닐까, 하고 절대 있을 수 없는 일이 극히 당연한 생각처럼 떠오른다. ……이런 곳, 어두침침하고 으시시 추운 부엌 한쪽 구석 아궁이 앞에 쓸쓸히 쪼그리고 앉아, 마음껏 타지 않는 불꽃을 아까부터 물끄러미 바라보고 있는 나. 마치 고행자가 고행을 계속하듯 자신의 기분을 타오르는 불꽃 속에 바라보며, 개나 고양이에게 둘러싸여 웅크리고 있는 나. 이건 어쩌면 진짜 자신이 아니라, 진짜는 따로 틀림없이 어딘가에 있어서, 여기 있는 나는 뭔가 그림자 같은 나가 아닌가! 그런 기분이 사무치도록 그에게 솟구쳤다. 그런 기분이 그에게 스며들었을 때, 섬뜩한 감각이 등줄기 한가운데를 섬광처럼 떨어져 내렸다. 주변의 모든 것들, 자신도 아궁이 불꽃도 두 마리 개도 고양이도, 눈을 들면 밥통도 그릇도 램프도 개수대도 전부 다 지금 휙 사라져 버리지 않을까 걱정스럽다. 그래서 겁먹은 채 주변을 휘둘러 보게 된다. 벽에는 자신과 두 마리 개 그림자 세 개가 세 방향으로 퍼져 크고 검게 한 면에 비치고, 불꽃이 타오르는 대로 벽면에서 더러 작게 더러 크게 흔들린다. 그것은 쉬지 않고 움직일 때마다 그만큼 조금씩 실물에 접근해 와서 그들을 삼켜 버릴 것만 같다. 그러자 그의 왼쪽에 있던 레오는 갑자기 벌떡 일어나더니, 연기를 내보내기 위해 조금 열어놓은 문틈으로 빠져 밖으로 나갔다. 그리고 느닷없이 요란하게 짧은 소리로 짖어 대기 시작했다. 귀를 뒤로 세우고 형제의 소리에 집중해 있던 후라테도 똑같이 밖으로 나갔다. 그들은 소리를 맞춰 짖었다.—눈에 보이지 않는 누군가가 다가와 있음을 그에게 알려 주기라도 하듯. 공포가 그를 일어서게 했다. 그러나 개들은 순순히 울음을 그치고 흥이 깨진 심드렁한 모습으로 원래 자리인 그의 곁에 돌아와 앉았다.

개들의 그런 용태가 그에겐 영 의심스러웠다. 그는 마음

을 차분히 가라앉히고 몸을 약간 위로 뻗어 문의 옹이구멍
으로 시험 삼아 살짝 밖을 내다보았다. 그러자 희미한 어둠
을 뚫어보고 있는 그의 눈에, 감나무 가지 뒤에서 검고 작은
그림자가 신기하게도 발소리 없이 나타났다! 그 사람 그림
자가 작은 게 얼마간 그를 안심시켰다. 하지만 그건 참으로
발소리 하나 없는 사람이었다! 그러나 그것이 움직여 문틈
으로 새어 나오는 램프빛을 받았을 때, 그건 별로 기이한 것
이 아니었다. 그것은 오쿠와, 그의 집으로 자주 놀러오는 이
웃집 열 세 살 여자아이임이 분명했다. 그런데? 수다쟁이에
다 늘 멀리서 큰소리로 부르면서 달려 들어오거나, 개이름을
부르거나, 혹은 휘파람을 불면서 들어오는 아이, 그리고 밤
이 되면 결코 놀러오지 않는 아이가 오늘밤 저렇게 찾아올 리
는 없다고 생각하니 하느적 하느적 다가오는 오쿠와는 역시
이상스레 생각되었다. 그는 그걸 확인하려고 불러 보았다—
　"오쿠와?"

　"아이! 깜짝이야! 아저씨 계셨군요."

　그렇게 대답한 것은 역시 오쿠와였다. 그러나 그의 목소
리는 묘하게 가라앉으면서도 큰소리의 독백 같은 데 반해,
오쿠와의 대답은 실로 엄청난 외침이었다. 그 목소리에 지금
까지 쓸쓸함을 견디고 있던 그가 펄쩍 뛰어오를 뻔했을 정
도로. 오쿠와의 목소리에 안심한 그는 문을 열었다. 밖에는

우두커니 선 오쿠와의 묘한 표정이 환하게 떠올랐다.

"무슨 일이야, 오쿠와. ……집에서 야단맞았니?"

"……" 오쿠와는 곧바로 대답을 하지 않았다. 그러나 결국 조금 지나자, 아저씨는 밥을 짓고 있었느냐는 둥, 아주머니는 언제 돌아오느냐는 둥, 이 아이는 여느 때와 마찬가지로 지껄여대기 시작했다. 그러다 오쿠와는 문득 생각난 듯이 말했다. "그렇지! 어머 잊고 있었네. 오늘 우리는 목욕물 데 웠어요—날씨가 좋아서 모두 들에 나갔어요. 지금 데우고 있어요. 이따가 목욕하러 오세요.—아저씬 이상한 사람이야, 물이 없을 때 목욕하고 싶어하고, 있을 땐 그렇지 않잖아요." 오쿠와는 그렇게 말하고, 서둘러 돌아가려 했다. 오늘 밤만은 오쿠와가 좀더 수다를 떨어 주었으면 하고 그는 생각했는데. 그 여자 아이는 십 미터 정도 걸어나갔을 때,

"아저씨, 또 비 와요."

하는 게, 벌써 여느 때와 다름없는 오쿠와였다. 오쿠와 녀석, 이제야 마음을 놓았겠군, 하고 그는 생각했다—그는 목욕물 이야기를 들을 때, 저 발소리 없는 오쿠와를 우연하게도 이미 다 알고 있었으니까. 오쿠와 일가족은 모두 손버릇이 나쁘다는 소문이나 요즘 밖에 쌓아 놓은 장작이 너무 빨리 줄어든다는 것이나, 때때로 아침에 다발에서 삐져나온 장작이 두세 개 우물가에 떨어져 있다고 그의 아내가 말한 것

을 그는 떠올린 것이다.

그렇게 이해하자, 그런 것은 그에게 아무래도 좋았다. 다만,

"아저씨. 또 비 와요."

라고 한 오쿠와의 말과 그때 그런 계기로 불쑥 감나무 등치에서 나타난 그림자로서의 오쿠와가 그의 마음에 남았다. 그런데 그가 그토록 고심을 한 밥은 어떤 그릇에 묻어 있었는지, 그의 손에 남아 있었는지 어쨌든 석유 냄새가 깊이 배어 있었다. (찻물을 부어 램프 불빛에 비추어 봐도 달리 아무것도 떠 있지 않았지만) 그는 아무래도 한 그릇밖에 먹을 수 없었다. 그날 밤은 밥뿐 아니라 잠옷 깃도 베개도 어깨도 입 속도 공기 그 자체도, 그의 팔에 콩콩 뛰는 작은 심장 고동을 전하며 그의 곁에서 잠든 고양이도 모두 석유 냄새가 났다. 그리고 그 있는 둥 마는 둥 하는 냄새가 저녁밥 대신 실컷 그가 마신 차의 작용과 합해져서 그것이 극히 희미한 만큼 그를 어지간히 흥분시켰다. 냄새는 있다고 생각하면 있고, 없다고 생각하면 없었다. ……불현듯, 저녁 무렵에 램프를 찾으려고 여기저기 성냥을 그은 일이나 불을 지피려고 석유를 만진 일을 생각하자, 솥을 아궁이에서 내렸을 때 그 엉덩이 부분에 언뜻 언뜻 움직이고 있던 작은 불똥의 행렬을 재미있어한 것이나, 이 방에 가득 찬 석유 냄새, 그러고 보면 오쿠와가 장작을 훔치러 온 것까지 무엇이건 다, 오늘밤 이 집에서

화재가 난다는 예감으로 여겨지는 걸 어쩔 수가 없다. ……
공기 속에는 이미 그런 준비가 되어 있고 그것이 그의 관능
에는 가령 석유 냄새로 호소한다. 그렇게 여겨진다. 드디
어……이런 집쯤이야 다 타 버려. 화재란 유쾌한 거다. 아니
아니, 그런 식으로 생각하면 정말로 화재가 난다고도 생각한
다……. 만약 화재가 나면, 맨 먼저 개들을 사슬에서 풀어주
지 않으면 그들은 타 죽는다고 생각한다. 그때가 되어 당황
하면 안되니까 지금부터 미리 풀어 줄까 라고도 생각한다.
……괜찮아, 화재 같은 건 없을 거야 라고도 생각한다. ……
어쨌든 빨리 날이 밝았으면 좋겠다고도 생각한다. 그런 생각
옆에는 다른 마음이 있어, 정말로 아내는 활동사진을 보러
갔을까라고 생각한다. 오늘 낮 요정이 일하던 모습을 떠올린
다. 그러다 석양이 환하게 언덕에 내리비친 것에서, 그 색깔
에서 다시 화재에 대해 생각하게 된다……. 그는 자신이 이
러한 것을 아직 잠 못 이룬 채 생각하고 있는 것처럼 느끼기
도 하고, 이미 잠든 꿈속에서 생각하고 있는 것처럼 생각하
기도 했다. 그리고 그것이 과연 어느쪽이었는지, 시간이 지
나고 보면 더 더욱 알 수 없다.—

*

어느 비 개인 밤이었다. 그건 훨씬 후일이었는지 아니면 여기 쓰는 순서가 맞는 무렵이었는지 알 수 없다. 어쨌든 어느 비 개인 밤이었다. 크고 둥근 달이 저 언덕 위에서 무대 배경처럼 조용히 떠오른 적이 있었다.

그날 밤은 개가 두 마리 모두 여느 때보다도 더 구슬프게, 더 요란하게 짖었다.

그는 개들을 놀게 해 줄 셈으로 마당으로 나갔다. 마당에서 다시 밖으로 나갔다. 하늘에 떠 있는 달이 그의 마음을 즐겁게 해 주었다. 달은 거의 중천에 떠 있었다. 하늘은 동쪽이 말갛게 개어 있고 서쪽으로 갈수록 흐려져 그 끝은 깜깜했다. 드넓은 하늘이 한 번의 붓질로 흐려져 있었다. 그는 달을 물끄러미 쳐다보았다. 그리고 걸었다. 멀리 물레방아 소리가 통, 통, 통, 하고 들판을 가로질러 울려 왔다. 페어리랜드 언덕의 여자허리는 달빛을 듬뿍 받으며 젖은 채 빛나고 있었다. 그는 집앞 도로를 몇 번이고 몇 번이고 왔다 갔다하며 걸었다. 달을 뒤로 하고 자신의 짧은 그림자를 보았다. 또는 자신의 그림자는 보지 않고 끝없는 달 속을 응시하며 걷기도 했다. 두 마리 개는 그의 뒤를 따라 서로 장난치면서 기뻐 날뛰고 있었다. 그가 멈춰 서자 두 마리 개는 그의 주변을 서로 뒤쫓으며 돌았다. 그는 물 흐르는 소리에 귀를 기울였다. 길옆 그가 선 발밑으로 길을 따라 가느다란 도랑물이 달빛을

128

부수며 흐르고 있었다. 그것은 큰 운모판인가처럼 검게 반짝거리며 소리내어 떨고 있었다. 문득, 남쪽 언덕 맞은편을 K에서 H로 가는 열 시 몇 분의 마지막 열차가 달밤의 세계 한 귀퉁이를 울리며 흔들고 지나갔다. 그 소리가 한참 들렸다. 이때, 그는 소리가 그리웠다. 달빛에 대낮처럼 환한, 아니 비 오는 날 낮엔 이보다 훨씬 어두운—들판 너머, 남쪽 언덕으로 그는 시선을 향했다. ……지금, 소리가 들린 곳, 언덕 맞은편에는 멋있고 번화한 대도시가 있다. ……거기에는 집집마다의 창 등불이 한데 모여 반짝반짝 빛나고 있다……. 그는 얼떨결에 아무런 예고도 없이 기차의 먼 울림을 들은 것만으로, 불쑥 그런 공상이 솟아 나왔다. 그러고 보면, 한순간 아주 한순간, 그 언덕 뒤의 하늘이 온통 무수한 등불의 잔영인 듯 확 하고 붉어졌다……라고 생각하자, 금방 사라졌다. 그것은 실제로 신비한 일순간이었다.

"나는 도시에 대한 노스탤지어를 느끼고 있나?"

그는 그렇게 생각하며 그 언덕에서 눈을 떼었다. 그린데, 보니까 그가 우뚝 서 있는 한 줄기 길 앞쪽에서 어떤 검은 그림자가 그가 있는 쪽으로 걸어오고 있었다. 그것은 그와 2미터 정도 떨어져 있었다. 그는 응시하면서 달빛 속 그렇게 탁 트인 장소에 사람이 지나는 것을 까닭없이 기분 나쁘게 생각했다. 그리고 달밤은 암야(暗夜)보다도 무서운 데가 있

다고 생각했다. 그러자 그때, 사람 그림자 쪽에서,

"휘―!"

하고 한 번, 단 한 번 높은 휘파람 소리가 들려왔다. 그러자 그의 개는 두 마리 다, 돌연 질풍 같은 기세로 그림자 쪽으로 달려 나갔다. 그것이 우선 그에게 대단히 불쾌했다. 이들 개는 그, 즉 개들의 주인이 부를 때 말고는 지금까지 결코 다른 사람에게 가려고 하지 않았기 때문이다. 그런데 유독 그날 밤엔 이 한 번의 휘파람 소리를 듣자, 날듯이 달려 나간다. 그는 어떤 낭패감에서,

"휘―!"

하고, 똑같이 한 번 높게 휘파람을 불었다. 개를 다시 부르기 위해서다. 그의 휘파람을 듣자, 개도 알아차린 듯 당황해서 그쪽으로 되돌아왔다.

"후라테!"

그림자는 그렇게 개이름을 불렀다.

"후라테!"

그도 당황해서 똑같이 개이름을 불렀다.

그가 그렇게 외친 소리는 묘하게 그림자의 목소리를 빼닮았다. 그리고 곧바로 똑같은 말로 되불렀기 때문에 그의 목소리는 마치 그림자 소리의 메아리처럼 울렸다. 두 목소리는 이렇듯 표현할 수 없을 만큼 비슷해 거의 동일한 것이라고

그 자신조차 느꼈다. 개 역시 그렇게 들었음이 틀림없다. 일단 달리기 시작한 개는 사람 그림자를 따라 가더니 돌아오지 않았다.

그는 멍하니 길 위에 서서 그 그림자를 확인하려고 눈을 크게 떴다. 그림자는 길에서 들판 쪽으로 논두렁을 따라가는 듯, 지장보살 석상이 있는 곳에서 꺾어 돌았다. 그리고!

이 얼마나 신기한 일인가! 그 그림자는 환한 달밤에, 눈을 방해하는 것 없는 들판 한가운데서 홀연히 형태가 보이지 않게 되었다.

"앗" 하는 외침을 입속에서 깨물어 참고, 그는 대문으로 집안으로 쏜살같이 뛰어 들었다.

"이 마을에선 아무도 내 개의 이름을 기억할 리가 없다. 부르기 힘든 이름이니까. 아니, 아이들이 알고 있다. 하지만 그들은 '후라테'라는 이름을 '구라테'로 잘못 기억하고 있을 터다. 가령 이름을 불러도 내 개는 나 이외의 사람에게 갈 리가 없다. 가령 간다고 해도 내가 되부르면 틀림없이 내 쪽으로 돌아오는 것이다. 지금까지 이런 일은 한 번도 없었다." 그는 혼자 그렇게 생각했다. "그런데 그 사람 그림자는 어째서 갑자기 흔적도 없이 사라져 버렸을까? ……혹시, 그때 내가, 이 나 자신의 동일인이 두 사람으로 나누어진 것은 아닐까? 몽유병이라는 병은 정말로 있는 것일까? 만약 그렇다면 나는 혹 몽유병에 걸린 게 아닐까. 개라는 동물은 소리를 분간해 내는 미묘한 능력을 가졌음에 틀림없다. 특히 주인 목소리는 실수 없이 알아들을 수 있을 텐데……"

그의 세찬 심장 고동은 이십 분 이상이나 계속되었다. 그는 어쩐 셈인지 시계추가 움직이는 걸 지켜보면서, 몽유병에 관한 여러 가지 문학적 기록이나 혹은 개에 관한 생각을 계속하여 심장이 차분해지길 기다렸다. 마음이 겨우 가라앉자, 그는 아내에게 일러 개가 여느 때와 같이 마루밑에 있는지 어떤지를 보게 했다. 개가 그대로 사람 그림자를 따라가 이제 영원히 돌아오지 않을 것처럼 생각되었기 때문이다. 개는 거기에 없었다. 그러나 그의 아내가 불렀을 때, 그들은 다행히(라고 그는 생각했다) 돌아왔다. 그는 달이 아직 떠 있는지 물었다. 달은 아직 떠 있다고 그의 아내가 대답했다.

다음날 아침, 그는 어젯밤에 일어난 일을 그의 아내에게 비로소 이야기했다. 그는 그날 밤 내내 그것을 다른 사람에게 이야기 할 만한 여유가 없을 정도로 무서웠기 때문이다. 이 이야기를 들은 그의 아내는 재미있어 하며, 그가 화낼 만큼 웃었다. 돌연 사람 그림자가 보이지 않게 되었다는 것은, 개가 그 사람의 발치까지 따라왔기 때문에 누군가 그 사람이 개의 머리를 쓰다듬으려고 몸을 굽혔음에 틀림없다. 그 때문에 논두렁을 걷고 있던 사람은 벼이삭 뒤에 가려져 모

습이 보이지 않게 된 것이라는 것이 이 일에 관한 그의 아내
의 해석이었다. 과연, 그것이 적당한 해석인 것 같다고 그도
생각했다. 그러나 그 순간에 느낀 기이한 공포는 그 설명으
로 지워지지는 않았다.

*

　한 번은 이런 일도 있었다 ―
　어느 날, 밤이 깊어서 램프 곁으로 나방이 한 마리 찾아왔
다. 양잠이 번성한 이 지방에는 이 무렵, 이 벌레가 많이 날
아다니고 있었다. 평소에, 그는 이 벌레를 가장 싫어했다. 이
전에도 한 번, 이 벌레가 그의 램프에 왔을 때 그는 파리채로
때려잡았다. 그 자리에 납작하게 짜부러진 이 벌레는, 눈썹
모양 같기도 하고 머리빗 살 같은 모양이기도 한 굵은 촉각
을 소리없이 가늘게 부들부들 떨더니, 마지막 노력을 다해
빙그르 몸을 뒤집고 기분 니쁘도록 통통한 배를 훤히 드러
내며 여섯 개쯤 되는 작은 다리를 뭔가 꽉 끌어안기라도 하
려는 양, 갑자기 씰룩씰룩 움직이고 또 더러 날개에 힘을 주
어 배를 들어올려 촉각과 다리와 날개와 배 각각에 규칙적
이라 해야 할 미세한 동작을 언제까지고 언제까지고 계속하
면서 죽음의 고통을 그에게 보여 준 적이 있었다. 그것은 보

잘것없는 것이면서 그걸 지켜본 그를 겁주기에 충분했다. 이후 그는 특히 이 벌레를 꺼리고 무서워했다.

이 벌레의 회색 명주비단 같은, 털이 가득 돋아난 이상하게 작은 머리, 잿빛 속에 깊숙이 박혀 기분 나쁘게 빛을 발하는 작고 약간 튀어나온 새빨간 눈. 찰싹 달라붙어 램프 갓 위에 날개를 갖다대고 꼼짝 않는 다소 괴로운 모습. 그것이 갑자기 광기의 발작처럼 난폭하게 그 무거운 날개를 움직이는 모양. 그리고 아무리 쫓아도 전혀 태연하고 뻔뻔스럽고 끈질기게 불빛 주위를 장난치며 돌아다니는 모습. 그것이 램프 바로 가까이에서 죽음의 무도(舞蹈) 같은 환희의 몸부림을 칠 때는, 뿌옇게 흐려진 갈색 벽 위를 그로테스크한 그림자가 벽의 반 이상을 검게 만들며 비록 소리는 내지 않지만, 힘껏 외치고 있는 군중처럼 소란스럽고 불안하게 미친 듯 날뛰었다. 그가 쫓아내는 걸 살그머니 피해 장지문 윗쪽으로 도망가서는 이번엔 그 두터운 날개로 마치 난무(亂舞)의 발소리처럼 타닥, 타닥, 하고 장지문 종이를 쳐 소리냈다.

그는 나방이 조용해지길 기다렸다가 신문지 조각으로 겨우 그걸 잡아 눌렀다. 그리고 그 기분나쁜 벌레를 문을 열고 밖으로 내다버렸다. 죽이는 것은 이제 질렸기 때문이다.

그러나 채 십 분도 되기 전에 그 나방은(아니면 다른 나방일까) 다시 어딘가에서 그의 램프로 몰래 다가왔다. 그리고 다시 무서운, 검은, 괴로운, 소란스런 날개의 난무를 시작했다. 그는 한 번 더 그 나방을 종이조각으로 잡아 눌렀다. 그리고 다시 문을 열고 창 밖으로 내던졌다.

하지만 또 채 십 분도 안 지나, 나방은 세번째 어딘가에서 몰래 다가왔다. 그것은 이전의 두 번까지 그를 놀라게 한 것과 동일한 것인지 아니면 다른 것인지는 알 수 없으나, 조금 전에 그렇게 단단히 종이에 꼭 싸서 짜부러뜨린 것이, 나오기는커녕 살아 있을 리가 없으므로 이건 분명 다른 나방일 테지. 어쨌든 두 번, 세 번, 네 번까지 그의 램프를 엄습했다. ……이 작은 날벌레 속에는 뭔가 악령이 있다. 그는 그렇게 생각지 않을 수 없게 되었다. 그렇게 생각하기 시작하자, 한 번 더 직접 그것을 잡아 누르기가 그는 무서워서 할 수 없게 되었다. 그래서 일부러 아내를 불러 깨워, 이 벌레를 잡게 했다. 그리고 한 장의 큰 신문지에 잡힌 걸 아내의 손에서 받아든 그는, 이 자그만 벌레를 그 큰 종이로 몇 겹이고 몇 겹이고 감싼 뒤 다시 또 한 장의 신문지로 아주 정성껏 접었다. 그리고 이번엔 문 밖에다 버리지 않고 책상 위에 얹고, 그런 다음 그 위에 두꺼운 낡은 잡지책 한 권을 얹어 두었다.

이렇게 해서 겨우 비로소 안도하며 그는 잠자리에 들었다.

조금 지나서, 잠들지 못한 채 촛대에 불을 밝히니, 그때 하

늘하늘 날아와 조롱하듯 불을 스치는 무엇이 있다. 그것도
나방이었다!

*

그는 잠들 수 없게 되었다.

처음엔 시계 소리가 시끄럽게 귀에 박혔다. 그는 자명종
도 벽시계도 모두 멈추게 해 버렸다. 정말이지 그들의 현재
생활에 시계는 아무런 쓸모없는 그저 시끄러울 뿐인 물건에
지나지 않았다. 그래도 그의 아내는 매일 아침 일어나면, 적
당한 시간에 맞추어 시계추를 흔들어 놓았다. 그녀는 적어도
집안에 시계 소리 정도라도 나지 않으면 불안하고 너무 쓸
쓸하다는 것이었다. 거기엔 그도 완전히 동감이다. 어떤 사
정으로 이웃집 소리도, 개 소리도, 닭 소리도, 바람 소리도,
아내 목소리도, 그 자신의 목소리도, 그외 어떤 목소리도, 소
리도 딱 멈춘 순간을 그는 자주 경험하고 있었다. 그 일순간
은 그에게 있어 더없이 쓸쓸하고, 안타깝고, 오히려 두려운
것이었다. 그런 때에는 뭔가가 목소리나 소리를 내 주었으면
좋겠다고 생각하면서 애타게 기다려지는 심정이 되었다. 그
래도 아무런 소리 하나 나지 않을 때, 그는 아내를 향해 무의
미하게 아무거나 말을 걸었다. 그렇지 않으면,

"응, 그렇지."

하고 이런 의미 없는 혼잣말을 하기도 했다.

그렇지만 밤의 시계 소리는 너무 시끄럽게 귀에 박혀, 아무래도 잠들 수가 없었다. 째깍거리는 시계 초침 소리마다 꼬드겨지는 그의 마음은 한 계단 한 계단씩 높이 올라가 흥분이 되었다. 그 때문에 그는 잠자리에 들 때는 반드시 시계 바늘을 멈추게 했다. 그래서 매일 아침, 아내는 남편이 멈춘 시계를 움직인다. 남편은 아내가 움직여 놓은 시계를 멈춘다. 시계를 움직여 놓는 일과 멈추는 일, 그것이 매일 아침 매일 밤 그들 각자의 일과가 되었다.

시계 소리가 멎으면 이번엔 마당 앞을 흐르는 도랑물 소리가 그에게 신경쓰이기 시작했다. 그리고 이번엔 그것이 그의 취침을 방해하는 듯이 느껴졌다. 매일의 비로 물소리는 평소보다 다소 컸으리라. 어느 날, 그는 그 도랑 속을 들여다보았다. 거기에는 며칠 전—그가 이 집으로 이사해 오자마자, 이 집의 폐원 손질을 했을 때, 도랑둑에 있는 갯버들에서 베어낸 그 굵은 가지가 여지껏 그 도랑 속에 떠내려가지 않고 가라앉아, 그것이 수책처럼 물위의 나뭇잎이며 신문조각 따위를 막아주고, 물은 그 수책을 뛰어넘기 위해 거듭 솟구치며 소란스러웠다. 그 시끄럽던 매일 밤의 물소리는 과연 이것 때문이었군. 혼자 그렇게 납득하고 그는 비를 맞으며 도랑 속으로 들어가, 그 가지를 바닥에서 끌어내었다. 잔가지가 많은 그 굵은 가지 위에는 미끌미끌한 푸른 수초가 가득 엉켜 올라왔다. 그는 그걸 우선 길옆으로 주워 올렸다. 그리고 다시 한 번 물 속을 들여다보니, 지금까지 갯버들 가지 수책에 엉켜 있던 나뭇잎이며 종이조각, 지푸라기, 여자 머리카락 같은 것이 떠내려 가는 틈에 섞여, 거기서 십미터 쯤의 하류를 떠올랐다 가라앉았다 하며 흘러가는 길다란 것이 언뜻 눈에 띄었다.

보니, 그건 요전 밤, 술주정뱅이와 말다툼을 한 그날 밤, 개를 때린 뒤 물 속에 내동댕이친, 은손잡이가 달린 지팡이였다.

그는 이상한 인연으로 다시 그것이 자기 손에 돌아온 것을 대단히 기뻐했다. 공연히 부끄럽고 바보 같은 생각이 들어 잃어버린 걸 아내에게도 숨기고 있었는데, 그만 무심코 이야기해 버렸을 정도였다. 그리고 그는 생각했다 — 그 시끄러운 물소리는 틀림없이 이 지팡이가 낸 소리이리라. 지팡이는 그렇게 함으로써 그걸 계속 찾고 있는 그에게 지팡이 자신의 위치를 알린 것이라고.

그는 지팡이를 한 손에 쥐고 막힘 없이 시원스럽게 흘러가는 수면을 물끄러미 바라보았다. 이 정도면 오늘 밤은 이제 조용하겠지, 안심이야라고 생각했다. 그러나 그건 잘못이었다. 그날 밤도 전날 밤보다 시끄러우면 시끄러웠지 결코 조용하지 않은 물소리가, 그건 애당초 극히 희미한 것이었음에도 그에겐 몹시 귀에 거슬려, 그의 수면을 방해하기는 전날 밤과 마찬가지였다.

그러나 그 물소리는 이제 더 이상 어떻게 해 볼 수도 없었다.

그 밖에 또 하나, 그의 귀를 찾아온 소리가 있었다. 그건 꽤 밤이 깊어서 들려오는 남쪽 언덕 저편을 달리는 마지막 열차 소리였다. 더구나 그건 상당한 밤중이므로 — 시계는 움직이지 않으니까 정확하게 시간을 알 수 없었지만, 실제로 열시 육분에 T역을 출발해서 곧장, 그의 집 반대쪽을 4킬로 정도 멀리 언덕 너머로 지나다니는 마지막 열차로서는, 시간이 너무 늦었다. 게다가 그건 하룻밤에 한 번이 아니라, 처음 그 정도의 깊은 밤에 듣고 나서 또 한 시간쯤 지나면 다시 기차가 달리는 소리가 난다. 아무래도 그건 실제 열차 시간과는 완전히 다르다……가령, 그것이 시꺼먼 회물열치라 해도, 이런 시골 철도가 이런 밤중에 그렇게 자주 화물열차를 보낼 리가 없다. 그리고 그렇게도 분명히 들리는 기차 소리를 그의 아내는 전혀 들리지 않는다고 한다. 기차의 먼 굉음이 울려 올 때에 그 기차 안에는 이런 시골로 뜻하지 않게 그를 찾아오는 벗이 있어, 그 기차를 타고 있는 듯한 느낌이 드는 걸 어쩔 수가 없다. 그리고 정말로 그런 일이 생긴다면 그건 누굴까. O일까?…… E일까?…… T일까?…… A일까?…… K일까?…… 그는 기억나는 대로 벗을 떠올려 보았다. 하지만 아무도 그런 사람은 있을 것 같지 않았다. 그러나, 사람이 — 누군가 아는 사람이 혼자 차창에 기대어 있는 모습이 그에게는 참으로 뚜렷이 상상되었다. 그리고 묘하게도, 문득 그 자신으로 여겨지는 밤도 있었다 — 그런 모습으로 거기에 앉아 있는 사람은. 그리하여 그것이 그의 탐기적(耽奇的)인 공상에, 무섭긴 하나 매혹적인 포우 단편의 발단을 부여했다.

시계 초침 소리. 도랑물 소리. 달리는 기차의 울림. 그런 순서로 마침내 그는 그 밖에 여러 소리를 매일 밤 듣게 되었다. 그 대표적인 것 중의 하나는 그가 도시에서 한밤중 자주 듣던, 전차가 커브를 돌 때 내는 멀리서 새되게 삐걱거리는 소리이다. 그것이 가끔 심하게 귓속을 엄습했다. 어떤 밤에는 꾸벅꾸벅 잠들었다가 문득 눈을 뜨면 바로 한 블록 정도 위쪽에 있는 마을 소학교에서 명랑한 오르간 소리가 들려왔다. 벌써 늦은 아침 시간이라 음악 수업이라도 시작한 건가 하고 주위를 둘러보면, 아내는 여전히 잠들어 있다. 문틈으로 아침 햇살도 새들어 오지 않는다. 아무런 소리도 없다……그 오르간 소리 외에는. 심야다. 잠에 취해 있는 건 아

닌가 의심하면서 더욱 귀를 확인했다. 오르간 소리는 실로
그 특유의 음색으로 상큼하게, 감미롭게, 구슬프게, 마치 늦
봄의 저녁 무렵 같은 정조를 띠고 익히 들어 아는 무슨 행진
곡을 바람결에 실어 오는 게 아닌가. 그는 황홀해져서 음악
소리에 깊이 빠져 들었다. 어떤 밤에는 또 활동사진관에서
자주 듣는 악대의 어느 가락이……이것 역시 무슨 행진곡인
데……어디선지는 모르게 새어 나와 들렸다. 그런 음악 소
리를 느끼게 되고 나서부터는 물 흐르는 소리가 전혀 그의
귀에 박히지 않았다. 그리고 그는 이제 잠들려는 노력을 하
지 않는 대신, 잠들 수 없는 것도 그다지 괴롭지는 않았다.
그러한 소리들은 전차가 커브 돌 때의 그것만 별도로, 그 외
엔 모두 쾌활하고 명랑한 혹은 그윽한 각각의 쾌감을 동반
하고 있었다. 그는 그런 현상을 의아하게 느끼기 전에, 몰두
해 듣는 것이 오히려 형언할 수 없는 즐거움이었다. 그중에
서도 오르간 소리가 가장 좋았다. 다음은 악대의 울림이었
다. 그리고 간마이리(寒詣り : 소한, 대한 무렵 30일 긴 신심이나
기원을 위하여 흰옷을 입고 매일 밤 신불을 참배함—역주)하는
사람이 치는 희미한 종소리가 계속된 적도 있었다. 오르간
소리는 두세 번밖에 들리지 않았지만, 악대는 거의 매일 밤
빼놓지 않고 새어 나와 들렸다. 그는 그걸 몰두해 들으면서
저도 모르게 입으로 흉내를 내 보다가, 한술 더 떠 누워 있는

자신의 몸을 약간 들어올리는 기분으로 몸 전체로 박자를 맞추고 있었다. 그건 일종의 성적이라고 할 수 있는, 다시 말해 관능적이면서 동시에 정신적이기도 한 쾌락의 하나인 것 같았다. 만약 그것이 수도원 안에서 일어난 일이라면, 사람들은 그걸 법열이라고 불렀을지도 모른다.

환청은 환영을 데리고 왔다. 혹은 환청의 전조 없이 혼자서도 왔다.

그중 하나는 극히 미세한 그러나 극히 명료한 시가(市街)이다. 그 일부분이다. 미니어처(miniature)의 크기와 섬세함으로, 하늘을 보고 누워 있는 그의 눈앞에 바로 코 위 근처에 그 미니어처의 거리가 세워져 선명하게 떠오르는 것이었다. 그것은 현실에는 없을 듯한 훌륭한 거리로, 비록 그는 여태 본 적은 없지만 도쿄 어딘가에 이와 똑같은 장소가 틀림없이 있을 거라고 상상하며 믿었다. 그것은 불빛이 있는 야경이었다. 5층 정도의 서양식 건물 높이가 겨우 1.5센티도 안 될 것이다. 그리고 집에는, 건물보다 훨씬 작은—절반도, 삼분의 일 정도의 높이도 안 되는 작은 집에는, 제각각 입구며 불빛이 화려하게 새어 나오는 창이 있었다. 집은 대개 흰색이었다. 그 커튼의 푸른색까지가 인간의 척도에는 물론, 보통사람의 상상속에는 쉽사리 있을 것 같지 않은 세밀함으로 더구나 참으로 또렷이 그의 눈앞에 나란히 세워져 있었다.

아니 아니, 아직 그뿐이 아니다. 지붕 위 피뢰침 옆에 별이 하나, 단 하나가 오뚝하니 검정 우단의 은실처럼 선명하게 빛나고 있다……. 이상하게도, 멋진 밤거리에 어떤 종류이건 자동차는 물론 지나다니는 사람 하나 없다……버드나무 가로수가 있다.……너무 고요한, 그런데 어디라고 말할 수 없는 흥청거림이 있다는 것은 그 환한 창에서 느껴진다……그 집은 어떤 이유에선지 그는 중국요리집이라 직감할 수 있다……주의 깊게 응시하고 있으니 그 거리 전체가 일단 차츰차츰 그의 코 위로부터 멀어져 점점 더 작아지고, 이제 사라지나 보다 싶은 사이 굉장히 빠른 속도로 경치는 확대되어, 이전과 다름없는 거리가 굉장한 크기로, 거의 실물 크기로 여전히 멈추지 않고 끝없이 거대하게, 마치 전세계만해져서……그걸 멍하니 보고 있으면 거리는 다시 조용히 축소되고 원래의 미니어처 거리가 되어, 그와 동시에 다시 그의 코 위 원래의 자리로 되돌아 왔다. 그는 이렇듯 몇 분 동안 아니면 몇 초 동안, 동화에 니오는 난쟁이 나라에서 거인국으로, 그리고 다시 거인국에서 난쟁이 나라로 한달음에 왕복하고 있는 기분이 들었다. 그 거리가 거인국의 것이 되었을 때, 그 자신의 눈과 눈 사이의 폭도 단번에 넓어져서 ― 마치 거인의 그것처럼 되어, 따라서 시야도 단번에 확대되는 듯한 느낌이 들 때도 있다. 어쩌다가 그 환상의 거리가 실물 크기

정도의 거대함으로 딱 멈춘 채 움직이지 않을 때가 있다. 그
는 돌연, 실제로 그런 거리에 자신이 와 있는 게 아닐까 하고
당황해서 손을 더듬어 성냥을 켜고 어둠 속에서 자신의 그
을린 집 천장을 둘러본 적이 있었다.

그런 풍경은 자주 그의 눈에 나타났다. 그것은 나타날 때
마다, 이전 것과 조금도 달라진 데가 없었다. 그것도 이 현상
에 따르는 신기한 것 중의 하나였다.

어떤 때는 드물게 그 풍경 대신 자신의 머리인 수가 있었
다. 자신의 머리가 콩알만하게 느껴진다……순식간에 확대
된다……집안 가득……지구만큼……무한대로……어째서
그렇게 큰 머리가 이 우주 속으로 들어올 수 있을까. 그러자
이윽고 다시 그것은 굉장히 빠른 속도로 콩알만하게 축소된
다. 그는 너무나 걱정되어 엉겁결에 손으로 자신의 머리를
쓰다듬어 본다. 그리고 나서 겨우 안심한다. 광대짓 같아서
웃고 싶어진다. 그 순간, key-y-y-y 하고 전차의 커브 도는 소
리가 눈썹 사이를 찌르며 지나간다.

이러한 환시나 환각은 그러나 환청과는 그리 필연적인 밀
접한 관계를 지니고 나타나는 것은 아닌 듯했다. 모든 면에
서 환청은 그에게 유쾌했음에도 불구하고, 이런 식으로 무한
대에서 무한소로 한달음에 신축해 버리는 환영은 그에게조
차 기분 나쁘고 또한 괴로웠다.

이들 기이한 병적 현상이, 매일 밤 한층 심해져 감을 그는 느꼈다. 그는 이러한 현상이 아내로부터 전해져 오는 것이라고 생각하기 시작했다. 기차의 울림, 전차의 삐걱거리는 소리. 활동사진의 반주음악. 본 적은 없지만 도쿄의 어딘가 있는 거리. 이러한 환영은 모두 그의 아내의 도시에 대한 간절한 노스탤지어가 필시 그녀의 무의식 가운데 어떤 요술적인 작용을 하여, 잠들지 못하는 그의 눈이나 귀에 형태로 소리로 나타나는 게 아닐까, 그는 그렇게 가상해 보았다. 처음엔 그저 가상이었다. 그러나 어느 틈에, 그것이 그에게는 진실처럼 느껴지기 시작했다. 그렇기 때문에, 아내가 늘 있는 부엌 쪽에는 도쿄에 대한 공상이 온통 가득차 있어, 어느 날 저녁 혼자 밥을 지었을 때, 문득 그런 일이 떠올랐던 거다. 그는 그렇게도 생각했다. 자신처럼, 거의 없다고 해도 좋을 만큼 의지가 약한 사람 위에, 의지가 더 강한 타인의 혹은 이 공간에 서로 밀치락달치락 하고 있다는 불가시(不可視) 세계의 영혼들의 의지가, 자신의 것 이상으로 힘차게 활동해 온다는 것은 충분히 있을 수 있는 일로서, 그는 그것을 인정하지 않을 수 없다고 생각했다. 생명이란 주위에 있는 모든 것을 차례차례 정복하고 그것을 먹어 치우고, 그 안의 힘을 자기 속으로 흡인해서 나아가 그것을 충분히 통일해 가는 어떤 힘이다. 육체적으로는 분명히 그렇다. 영적으로, 정신적으로도 그럴 것이 틀림없다. 그리고 이제 다른 것을 흡수하고 통일하는 작용을 가진 신비한 힘은, 그에게서 차츰차츰 쇠퇴해 가고 있었다. 오히려 그는 지금까지 보듬고 있는 자기 자신을 시시각각 발산하고 있을 뿐이었다.

그가, 어둠이란 뭔가 빈틈없이 서로 밀치락달치락 하는 곳의 집단이다, 그것에는 중량이 있다고 깨달은 것도 이때이다.

이런 식으로, 그의 희로애락이나 공포는 현 세계에 생존해 있는 타인들의 그것과는 거의 공통되기 힘든 뭔가가 되어 있었다. 고독과 무위(無爲)라는 형제는 참으로 기이한 힘을 가지고 있다.— 만약 내가 지금, 수도원에 있다면? 하고 그는 어떤 때 생각했다. ……만약 그가 그의 아내와 함께 이런 생활을 하지 않고 동정녀 마리아의 아름다운 초상화를 매일 예배하면서 요즈음과 같은 심신 상태에 있다면, 밤의 환영은 그건 아마 천국의 것, 그 불쾌한 것은 지옥의 것이겠지. 그리고 초상화 속의 고상하고 상냥한 입술은 살아서 그에게 말을 걸어 왔겠지. 그리고 괴로운 모든 것은 화가 스피넬로 스히네리이(이탈리아의 화가 Spinello Aretino, 1333~1410, 스히네리이는 그의 아들 이름—역주)가 그렸다는 악마의 추함, 꺼림칙함, 두려움으로 나타나 그의 눈앞에 출몰하여 그를 괴롭혔겠지. 또 잠시도 수면을 취하지 못한 밤이 문 틈으로 희미하게 밝아왔을 때, 불현듯 작은 새의 지저귐을 듣는 저 쓸쓸한, 애달픈, 그러나 후련한 눈물을 쏟게 하는 심정은 분명 참회하는 마음이 되겠지. 수도원이라는 곳에서는 그 생활 방식도 사상의 암시도 모두 그런 식의 환영을 불러일으키도록, 불러일으키기 쉽도록, 불러일으키지 않으면 안 되게 여러 가지 장치를 해 놓았으니까…….

그는 그렇게도 생각했다. 그러나 그 생각은 그 당시보다 훨씬 이후에야 정리가 되었다.

*

문득 그의 눈앞에 사람의 발 모양이 떠올랐다. ……다리만이 중유(中有 : 사람이 죽어서 다시 태어날 때까지의 사이, 49일 간이라 함—역주)에 떠 있는 것 같았다. 그것이 어느 정도의 크기였는지 알 수 없으나, 그 크기에 대해 별반 주의하지 않은 걸 보면 보통사람의 것쯤 되었을 것이다. 그것은 희고 아름다운 맨발이었다. 그걸 보고 있는 동안……불쑥, 흰 손가락이 또 나타났다. 그것은 엘 그레코(El Greco, 1541?~1614 : 스페인 화가—역주) 그림에 흔히 있는 손 형태로, 엄지와 검지손가락이 뭔가 자그마한 것을 집고 있는 손가락이었다. ……곧 손은 사라졌지만 아까의 발만은 역시 거기에서 움직이는데, 그것이 깡충깡충 뭔가를 밟듯이 움직이기 시작했다. 움직일 때마다 발끝이 오르락내리락 하며 거기에 힘이 들어가 그럴 때마다 발가락은 자벌레처럼 움츠렸다가 폈다가 한다. ……참 이상한 꿈이로군, 하고 그는 꿈속에서 생각했다. 그렇지! 그렇지! 이건 오젠지(王禪寺) 쪽으로 소풍갔을 때, 길을 잃고 들어갔던 집의 실 잣는 처녀의 발이다. 그 손이다. 물레를 밟고 있는 것이다. 자아나오는 실 전부를 잡고 있는 손놀림이다. ……그렇게 생각하자 또 그 손가락이 나타난다. 시골에서는 보기 드문 흰 손이며 발이었다……얼핏 그를 쳐다보았을 때, 예쁜 얼굴이었다. 거기로 가는 도중, 어딘가에서 소나기가 내려……무지개가 떴다……산속에서 그걸 보았다. 그 처녀의 나이는 열 여섯쯤이었다……좀더 자세히 손이며 발만 아니라 완전히 모습이 보였으면 좋겠는데……. 그 움직이는 하얀 맨발뿐인 꿈을 계속 꾸다가 그런 생각을 떠올리고 있자니, 돌연 주위가 온통 빠알갛게 환해지는데……보니까, 촛대의 불꽃이 눈부시게 그의 눈에 쏘아 들어왔다. 그는 잠이 깨었다. 그의 아내는 장지문을 열고 툇마루에서 들어오는 참이었다. 변소에라도 갔다온 거겠지.

"좀더 조심해야 될 것 아냐, 며칠째 일렀건만. 난 불빛이 조금이라도 눈에 들어오면 금방 잠이 깬다구. 이제 방금 겨우 잠이 든 참인데."

아내를 쳐다보고 부신 눈을 깜박거리며 그는 한바탕 잔소리를 했다.

"전 조심한다고 했는데.……당신, 틀림없이 눈을 뜬 채로 주무시는 거죠?"

아내는 그렇게 말하고 뒤늦게 당황해하며 그 불을 불어 껐다.

"오젠지가 어쨌다구요? 당신, 지금 잠꼬대 하셨어요."

"언제?"

"방금, 내가 불을 켜려고 성냥을 그었을 때."

그는 바보 같다는 느낌이 들었다. 꿈속에서 예쁜 발이라 생각하고 본 것은 틀림없이 아내의 발을 보고 있었던 것이다. 나는 베개에서 미끄러져 다다미 위에 바로 옆 얼굴을 갖다대고 누워 있었을 테니까, 아내의 발이 걸어가는 것을 보고 꿈이라 생각한 것이다. 그는 그렇게 알아차렸다. 하지만 오젠지 근처의 외딴집에서 실을 잣고 있던 처녀 — 그때는 그런 장소에 아름다운 어린 처녀가 있어 쓸쓸하고 얌전하게 실을 잣고 있는 걸 재미있다고 생각했는데. 그뿐, 까맣게 잊어버리고 있었던 처녀가 반의식 사이에 떠오른 것을 그는 신기하게 생각했다.

이것은 한 예다. 이때뿐만이 아니다. 그 무렵, 그가 어떻게든 잠들고 싶다고 생각하면, 자주 이런 잠을 자게 되는 것이었다.

*

"열 같은 건 전혀 없어요, 오히려 차가울 정도예요."

그의 이마에 손을 얹고 있던 그의 아내는 그렇게 말하며 손을 치우고는 자신의 이마에 손을 대어 보고 있었다.

"제가 훨씬 뜨거워요."

그것이 그에게는 도리어 몹시 불만이었다. 직접 재어 보자고 체온계를 꺼내게 했더니, 체온계는 빈번한 먼거리 이사에 부러져 있었다.

만약 열 때문이 아니라면, 그건 이 날씨 탓이다, 이 지독한 바람 탓이라고 그는 생각했다. 정말이지 그날은 지독한 바람이었다. 있는 듯 없는 듯한 가랑비를 옆으로 내리게 하며 구름과 바람 스스로가 흩날리고 있었다. 그런데도 대단히 무더웠다. 이런 날에 그는 오래 전부터 지진에 대한 공포로 겁먹곤 했었는데 오늘은 이 거센 바람 때문에 그 점만은 안심이 되었다. 그러나 바람 부는 날은 바람 부는 날대로, 또한 그 특별한 기후에서 오는 초조하고 불안한 심정이 가슴 두근거릴 정도로 그를 겁주었다.

고양아, 고양아. 내 뒤를 내 뒤를 따라오렴!

고양아, 고양아. 더 깊이 더 깊이 숨으렴!

갑자기 거세게 휘몰아치는 바람 속에서 동요의 합창이 조각조각 날아왔다. 그것은 한 뭉치 바람에 실려 끊어질 듯 끊어질 듯 그의 귓가에 전해져 오는 것 같았다. 하지만 그것 역시 환청이었겠지. 그건 오랫동안 잊어버리고 있던 그의 고향 동요였으니까. 바람이 심한 날(그렇다, 이처럼 바람이 심한 날에) 아이들이, 특히 여자 아이들이 뛰어다니면서 서로 앞 아이의 허리를 잡거나 혹은 앞 아이의 웃옷 밑으로 목을 집어넣거나 하면서 이런 노래를 방금과 같은 가락으로 되풀이 되풀이 합창하고, 그들은 바람에 시끌벅적 떠들면서 그의 고향집 대문 앞 공터를 빙글빙글 원을 그리며 돌고 있었던 것이다……. 그것은 단순하긴 했어도 그리운 리듬의 후렴이 있는 동요로, 또 노래의 기분에 딱 들어맞는 유희였다. 그것을 홀린 듯 바라보며 모래바람 속에 서 있는 아이인 그 자신이 머리속에 또렷이 떠올라왔다. 그것이 회상의 실마리가 되었다. 그 무렵, ……성터 뒷편의 검은 삼나무 숲 속에서, ─ 그 성산(城山)의 가장 높은 돌담 바로 아래, 그것을 따라 좁은 샛길이 있다. 거기에는 큰 삼나무 숲이 있고 마구 뒤엉킨 삼나무 줄기의 아주 조그만 틈새로 강이 보였다. 배의 돛이 보였다. 발치에는 커다란 풀고사리가 무성하고 샛길은 언제나 어두컴컴했다. 그리고 삼나무숲 특유의 무겁고 젖은 냄새가 짙었다. 그 길을 어렸을 때 가장 좋아했다. ……좀더 자란 뒤에도 그랬다. 기계체조로 부상을 입고 두 번 마취제를 맞았을 때, 그의 마취꿈은 그 숲길을 뛰어다니고 있는 것이었다. 두 번이나……. 그 숲 속에서 어느 저녁 무렵, 커다란 검은 백합꽃을 발견했다. 곁으로 다가가 꺾으려고 자세히 들여다보는 사이, 갑자기 어떤 괴기스런 전설 같은 공포에 사로잡혀 구를 듯이 산길을 달려 내려왔다. 다음날, 일꾼을 데리고 그 부근을 샅샅이 찾았지만 거기엔 아무것도 없었다. 그것은 그에게 기이하다고 생각되는 자연현상의 첫 출현이었다. 그건 아이인 그 자신의 환각이었는지 아니면 자연 그 자체의 환각이라고 할 수 있는 실제로 진기한 종류의 꽃이었는지, 그건 지금 생각해 봐도 알 수 없다. 다만 그때의 바람에 하늘하늘 흔들리는 그 꽃의 아름다움은 오래 마음에 남았다. 그 진기한 꽃이 그의 '푸른 꽃'의 상징이기도 했듯이, 그는 그 무렵부터 그처럼 쓸쓸한 아이였다. 그리고 그의 집 뒤 성산이나 그 뒤쪽 강을 따라 숲 속 따위만을 자주 혼자 걷곤 했다. '나베와리'(산지의 습한 장소에 돋는 다년초 이름—역주)라고 사람들이 부른 연못은 특히 그의 마음에 들었다. 거기에는 석회를 굽는 오두막이 있었다. 석회석, 방해석(方解石)의 결정(結晶)이 그의 작은 머리에 자연의 신비를 가르쳤다. 또 그 연못에는 때때로 꽤 큰 푸른 유리빛 소용돌이가 몇 번이고 몇 번이고 꿈틀거리는 것을, 그는 자주 꿈꾸는 기분으로 들여다보았다. 그리고 그것을 바로 꿈속에서도 더러 보았다. 그때가 여덟 혹은 아홉 살쯤 되었으리라. ……뭔가 거짓말을 하면 그날 밤은 어김없이 한밤중에 잠이 깨었다. 그리고 그게 마음에 걸려 도저히 잠들 수 없었다. 엄마를 흔들어 깨워 그 아픈 참회를 한 다음, 용서를 빌면 겨우 다시 잠이 들었다. ……그리고 아, 그렇지, 한밤중에 베를 짜는 바디 소리를 매일 밤 들은 적도 있었다. 그때 나는 다섯 살이나 여섯 살쯤이었으리라. 나는 오래 전, 그 무렵부터 벌써 신경쇠약이었던 걸까. 또 환청 버릇도 그때부터인 것 같다 ― 그는 그렇게 생각하고 깜짝 놀랐다. 여러 가지 유년 시절의 사소한 사건들을 어제 일보다 더 눈에 선하게 (이때의 그에게 어제 일은 그저 아득하기만 했다) 회상하였다. 한 가지 신기한 것은 바로 삼사 개월 전, 여름이 끝나갈 즈음에 본 어떤 산속의 외딴집 ― 거기에는 백합과 백일홍이 피어 있었다 ― 인기척 없는 커다란 집에, 늙은 어머니와 단 둘이 있던 어린 처녀, 그 희고 아름다운 발과 손가락이 그의 현실의 꿈에 나타났던 그 처녀가 동화 같은 정조를 띠고 그의 기억 아주 깊숙이 숨어 들어 있는 것이었다. 그리고 그의 유년 시절 추억 속으로 가끔 굳이 착각을 일으키며 끼어들어 그 깊숙한 기억의 숲 속에서 선녀가 되려 하고 있었다. 그는 그렇게 생각하고 싫어하는 자신을 그럴 때마다 알아차리고 꾸짖었다. 아니 아니, 이건 바로 요전 일 아닌가. 그렇게 자신을 타이르면서 정정했다. ……그는 이렇듯 유년 시절의 회상에 계속 빠져들었다. 게다가 그것은 모두 지금까지 거의 흔적도 없이 완전히 망각하고 있던 것뿐이었다. 그리고 그는 추억 속의 그 아이가 되어 그의 어머니며, 아버지, 형제를 무척 그리워하며 떠올렸다. 원래 늘 자기 자신뿐, 그 이외의 것을 생각할 줄 모르는 그에게 있어 이때만큼 간절하게 그들을 떠올린 적은 지금까지 결코 없었다. 아버지에게도 어머니에게도 어느 형제에게도 그는 벌써 반년 이상이나 소식조차 전하지 못하고 있다. 연분이 맞지 않아 집에 돌아와 있는, 귀 먼 누이가 특히 슬펐다. 그는 제일 먼저 어머니의 얼굴을 기억해 내려고 노력했다. 반년 전쯤 만났으면서 도저히 인상을 떠올릴 수가 없었다. 잡히지 않는 인상을 무리해서 만들어 내려 했을 때, 뜻밖에 기묘하게도 그건 17, 8년이나 지난 옛날 어머니의 기괴한 얼굴이었다 ― 어머니는 단독(丹毒)에 걸려 있었다. 검은 약을 얼굴 가득 발라 검은 가면 같고 움푹 패인 눈만이 빛나며, 병상 가까이 와선 안 된다고 귀찮다는 듯이 손을 내젓는 괴물 같은 어머니의 얼굴이었다. 어린 그는 훌쩍훌쩍거리며 마당으로 나가 엉엉 울었다. 눈물어린 눈으로 본 뿌옇게 흐린 산다화의 가지모양, 희미하게 모여 있는 꽃들 하나

하나가, 신기하게도 어머니의 얼굴보다 훨씬 명료하게 눈에 떠오른다……전혀 생각해 본적 없는 것들만이 잇달아 한 줄로 나란히 떠올라왔다. 그런 심정이 돌연 그에게 죽음을 생각하게 했다. 이런 심정은 분명 죽음을 앞에 둔 환자의 심정임에 틀림없다. 그렇다면 나는 조만간 죽는 건 아닐까……그렇긴 하나, 아는 사람도 없는 이런 산촌에서 나는 지금 이렇게 죽어가는 것일까.……죽어가고 있다면? 그의 공상은 끝없이 흘렀다. 그는 지금까지 아직 한 번도 죽음에 대해 진지하게 생각한 적은 없었다. 그리고 그는 이때, 처음엔 다소 호기심에서 그 특유의 공상 방식으로 그 자신의 죽음을 안 친구들의 모습을 하나하나 그려 보았다. 걷잡을 수 없는 바람 속, 이 시끌벅적한 세계로부터 독립한 정적으로 사람의 영혼을 유인하듯 울어대는 귀뚜라미 소리에 그는 귀를 기울였다.

그는 손을 뻗어 머리맡 훨씬 위쪽에 있는 책장에서 어떤 책을 손에 닿는 대로 뽑으려고 했다. 그 손을 책장에 갖다 댄 순간, 쨍그랑! 하고 물건 깨지는 소리가 났다. 그는 자신이 뭔가를 떨어뜨린 듯 흠칫 놀라서 주위를 둘러보았다. 그것은 그의 아내가 부엌 쪽에서 물건을 깨뜨린 소리가 바람에 휩쓸려 들려온 것이었다.

그의 책장도 지금은 처량한 꼴이었다. 거기에는 얼마 안

되는 낡은 책들이 먼지 속에서 서로 떠받치면서 옆으로 쓰러질 듯 세워져 있었다. 그다지 돈이 될 것 같지 않은 것만이 자연히 남아, 근 6년 동안 어느것이건 싫증난 책들뿐이었다. 그가 지금 빼낸 것은 파우스트 번역본이었다. 그는 자신의 무익한, 너무나 호기적인 자신의 죽음이라는 공상에서 벗어나기 위해서, 아무런 흥미도 일지 않는 그 책이나마 읽으려고 했다. 그렇지만 바람 소리는 끊임없이 귓전을 스쳤다. 부엌 개수대에 단 한 장 끼어 있는 유리판이 짤랑짤랑 쉴 새 없이 흔들려, 그의 귀와 마음을 짜증나게 했다.

그는 엎드려, 펼친 페이지에 눈을 주었다.

속세를 초월한 만족이군요!
밤이슬을 맞으며 산 위에 누워,
대지와 하늘을 환희에 젖어 껴안고,
자신을 신으로까지 부풀어 올리고
예감의 힘으로 대지의 본질을 파헤치며
6일 간의 신의 작업을 가슴에 느끼고
오만스럽게도 자신도 모를 일을 즐기고
때로는 사랑의 환희에 취해서 만물 가운데 넘쳐 흐르게 하고,
지상의 아들은 완전히 사라져…

우연히 그것은 「숲과 동굴」 장(章)의 메피스토의 대사였다. 이 말의 의미를 그는 확실히 이해했다. 이것이야말로 그가 처음 이 시골에 온 당시의 심정이 아니었던가.

그는 이부자리에서 비틀거리며 일어났다, 책상 위 빨간 잉크와 펜을 집기 위해. 그리고 지금 읽은 구절부터 더 거슬러 올라가, 동굴 속 파우스트의 독백부터 읽기 시작했다. 그는 펜에 빨간 잉크를 묻혀 읽어 가는 부분의 구절 밑에다 일일이 밑줄을 그었다. 그 선이 활자에는 조금도 닿지 않게 또 조금도 삐뚤어지지 않게 그는 가늘고 매우 신경질적인 직선을 그어 갔다. 그것이 부들부들 떨리는 그의 손 끝에 굉장한 노력을 요구했다.

．．．．．．．．．．．．．．．．．．．．．．

잘라 말해서, 나는 당신에게 때때로 자신을 속이는
즐거움을 허락하리다.
하지만 이런 꼴을 오래 참지는 못할 거요.
당신은 이미 또다시 싫증이 난 것 같소.
그리고 그것이 오래 계속된다면 완전히 지쳐서
미치거나 겁을 먹거나 두려워 떨게 될 거요.
자, 그 정도로 해 두고…

밑줄을 긋는 데에 정신이 팔려 구절의 의미를 한 번 더 되읽었을 때, 비로소 퍼뜩 이해가 되었다. 메피스토는 지금, 이 책 속에서 내게 뭔가를 말해 주고 있는 것이다. 오오, 좋지 않은 예언이다! 우울한 겁쟁이가 되어 끝장이다. 그건 사실, 지금의 그에게 이만큼 적절한 말이, 가령 아무리 많은 서적의 한 줄 한 줄을 닥치는 대로 열심히 찾아본들 결코 두 번 다시 여기에 계시될 것 같지 않다. 그만큼 이 말은 그의 현재 생활에 대한 비평으로서 적절하다. 너무나 적절한 그 활자의 모양을 보고 있으니, 그는 그 활자가 조금씩 무서워지는 듯한 기분조차 들었다.

"정말 바람이 얼마나 심한지 몰라요. 뒤쪽 덤불 속의 나무를 좀 봐요. 호리호리하고 멀쑥하게 키만 큰데 그 여린 가지에 바람이 몰아치는 걸! 무서울 정도로 흔들려요. 글쎄, 꺾이진 않을까요." 그의 아내의 목소리는 바람 소리에 반쯤 지워져 먼 데서 온 듯, 그리고 뭔가 중대한 사건이나 우의(寓意)를 담고 있는 듯, 그의 귀에 전해졌다.

정신을 차리고 보니, 아내는 그의 머리맡에 서 있었다. 그녀는 아까부터 서 있었던 것이다. 아내는 그에게 식사에 대해 물었다. 그는 대답하려고도 않고, 자못 귀찮다는 듯 몸을 뒤척이며 아내로부터 심술궂게 얼굴을 돌렸다. 하지만 다시 곧 아내 쪽으로 돌아누웠다.

"이봐! 아까 뭔가 깨뜨렸지?"

"네, 십 전 주고 산 서양접시."

"흐음. 십 전 주고 산 서양접시? 십 전짜리 서양접시니까 깨뜨려도 된다고 생각하는 건 아닐 테지? 십 전이든 십 엔이든, 그건 인간이 임시로 멋대로 붙인 가격이야. 게다가 그건 십 전 이상으로 내게 유용했어. 접시 한 개도 귀중한 거라구. 뭐 말하자면 그것 역시 살아 있는 거나 마찬가지야. 거기 좀 앉아 봐. 넌 요즘 한 달에 다섯 개쯤은 무얼 깨뜨리지. 접시 를 손에 들고 접시는 생각 않고 멍청히 다른 일을 생각하지. 그러니까 그 동안 접시는 화가 나서 네 손에서 도망치지. 미 끄러져 떨어지는 거야. 도대체가 넌 도쿄만 생각하고 있으니 까 나빠. 너는 이곳 쓸쓸한 시골에 있는 풍부한 생활의 열쇠 를 모르는 거야. 여기가 얼마나 번화한가를 잘 주의해서 보 라구. 네가 시시하다고 생각하는 부엌도구 하나하나인들, 네 가 들으려고만 한다면 재미있는 이야기를 얼마든지 해 줄 거야. 생활을 사랑한다는 것은, 정말로 즐겁게 산다는 것은, 그런 사소한 일을 일상생활을 진심으로 충분히 즐긴다는 것 이외에 없지 않나 말야……"

그는 헛소리처럼 잔소리를 계속 늘어놓았다. 그것은 그 무렵 거의 침묵하기 십상인 그에게는 드문 장황설이었다. 그 는 잇달아 말을 더 보태어 계속 지껄였다. 그러는 동안, 아내에게 할 작정이었던 말이 어느새 자신을 향한 말로 방향이 바뀌어 있었다. 그리고 그것은 평소 그가 생각지 않는, 예기치 못한 사고의 편린들임을 지껄이면서 깨달았다. 거기에 그의 새로운 사상이 있다고 생각했을 때, 그가 말하고자 하는 곳에는 이미 언어가 미치지 못하게 되어 있었다. 다만 사상의 표면을 언어가 어색하게 미끄러지고 있을 뿐이었다. '일상생활의 신성(神聖), 일상생활의 신비', 인간의 언어로는 말할 수 없는 것을 말하려 하고 있다고 그는 스스로 생각했다. 그리고 마침내 입을 다물었다.

두 사람은 아무말 않고 미친 듯 날뛰는 폭풍 소리를 들었는데, 잠시 후 아내는 단호하게 말했다.

"여보, 삼월에 아버님께 받은 삼백 엔은 이제 십 엔밖에 안 남았어요." 그는 거기엔 대답하려고도 않고, 돌연 입속에서 중얼거리듯 혼잣말을 했다.

"내겐 천분(天分)도 없고, 이젠 아무런 자신도 없다……"

*

어둠이 그의 주변을 에워쌌다. 그것은 빨강, 초록, 자주색들의 빈틈없는 집합으로 겹쳐 쌓여 있었다. 더할 수 없이 괴로운 어둠이었다. 그는 어둠 속에서 성냥을 더듬어 머리맡

양초에 불을 붙이자, 이부자리에서 일어났다. 그리고 촛대를 옆에 자고 있는 아내의 얼굴 위로 가만히 비추었다. 하지만 깊은 잠에 빠진 그녀는 꼼짝도 하지 않았다. 그는 잠시 그녀의 무신경한 얼굴을 흔들리는 촛불 아래서 잠자코 응시했다. 그는 이때, 자신의 아내 얼굴을 처음 보는 사람처럼 신기한 듯 눈여겨보았다.

촛불은 사물의 형태를 빛의 세계와 그림자의 세계로 둘로 확연히 나누었다. 그 빛 속에서 본 사람 얼굴은 강한 빛을 받아, 그 빨간 빛이 강한 농담(濃淡)에서 생기는 효과는, 사람 얼굴의 느낌을 전혀 별개의 것으로 만들었다. 그는 사람 얼굴이란 — 자신의 아내뿐 아니라 일반적으로 이렇게도 추한 것인가 하고, 새삼 절실히 느꼈다. 그것은 불쾌하고 음산한, 추악하고 묘한 하나의 덩어리로 그의 눈에 비쳤다. 여자는 머리맡에 풀어 헤친 트레머리를 검게 둥글려 놓았다. 기묘한 현상은, 그가 그 머리를 보고서야 비로소 여기 자고 있는 여자가 자신의 아내임을 깨달은 것이었다.

그는 촛대를 약간 높이 쳐들거나 혹은 여자 얼굴의 귀 바로 옆에 갖다 대 보거나 하면서, 한동안 그 빛이 주는 효과의 변화를 실험하기를 즐기는 듯, 그것을 여러 가지로 바라보고 있었다. 그의 아내는 그런 것은 전혀 아랑곳 없이 잠들어 있다. 뒤척이지도 않는다. 이런 여자는 지금 만약 목에 칼을 들이댄다 해도, 그래도 태연히 자고 있을까. 아니 그런 경우에는 아무리 무신경한 이 여자인들, 역시 인간의 본능으로 당연히 눈을 뜨겠지. 그래야만 한다. 그는 그렇게 생각했다. 그리고 혹 이 여자는 지금 죽임을 당하는 꿈이라도 꾸고 있는 건 아닐까 하고 생각했다.……그렇다고는 하나, 이런 고혹적인 빛에서 사람은 여러 가지를 떠올리게 된다. 이런 일로, 실제 사람을 죽이려고 결심한 남자가 옛날부터 있지 않았을까……

"하지만, 난 지금 이 여자를 죽이려 하는 건 아닌데."

그는 자기도 모르게 작은 소리로 그렇게 말했다. 자신의 섬뜩한 망상에 당황하여 변명한 것이다.

"그럼……난 지금 무엇 때문에 이러고 있는 거지?"

그는 정신이 들어 갑자기 아내를 흔들어 깨웠다.

한밤중이다.

아내는 겨우 눈을 떴지만 부신 듯, 흔들리는 촛불을 피해 눈을 돌렸다. 그리고 아직 완전히 잠이 덜 깬 사람이 흔히 하는 대로 입술을 오물오물 움직이며 거의 입 속으로,

"또 문단속이에요? 괜찮아요."

그렇게 말하고 몸을 뒤척였다.

"아니, 변소에 가려고. 잠깐 따라와 줘."

변소에서 나온 그는, 손을 씻으려고 문을 반쯤 열었다. 그

162

러자 방금 연 문틈으로 느닷없이 달빛이 흘러 들어왔다. 달은 똑바로 툇마루에 내려와, 일그러진 장방형으로 판자 위에서 빛났다. 신기하게도 그는 이것과 똑같은, 거의 똑같은 달빛이 비추는 툇마루를 바로 조금 전 꿈에서 보고 잠이 깬 참이었다. 이 얼마나 묘한 우연의 일치인가. 그는 무엇보다도 그게 기이하게 여겨졌다. 그래서 지금 우리가 이렇게 여기서 있는 것도 꿈의 연속이 아닐까……문득 그렇게 의심했다.

"이봐, 꿈은 아니겠지?"

"뭐가 말예요? 당신 잠이 덜 깼군요."

양초는 그의 아내 손에서 달빛을 받고 불그스름해져 자체의 빛을 잃었다. 불꽃은 바람에 날려 꺼질 듯 너울거리다, 그의 아내의 소매병풍(屛風) 아래에서 하늘하늘 크게 흔들렸다. 바람은 어느새 잠잠해졌지만 구름은 무서운 기세로 남쪽으로 치달리고 있었다. 가랑비를 내리며 지나가는 시꺼먼 구름의 딱 벌어진 커다란 입의 환상적인 균열에서, 달빛은 그들을 차갑게 비추고 있었다.

그는 손 씻는 걸 잊어버리고 진기한 그 달을 올려다보았다. 기묘한 달이었다. 며칠째 되는 달인지, 둥글지만 아래쪽이 반쯤 엷게 흐려져 사라져 버릴 것 같았다. 그러나 위쪽은 흑운과 흑운 사이의 깊은 하늘 가운데, 잘 닦인 것처럼 말끔

하게 또렷이 떠올라 있었다. 그 위쪽의 또렷한 원이 뭔가를
아주 닮았다고 그는 생각했다. 그렇다. 그것은 두개골의 둥
그런 노정골을 닮았다. 그러고 보면, 그 달 전체 모양도 두개
골과 비슷하다. 은백의 두개골이다. 잘 닦인, 혹은 마악 용광
로에서 꺼낸 은백의 두개골이다. 그의 연상작용은 문득 해적
선, 같은 걸 생각하게 했다. '신성한 해적선' 어쩐 셈인지 그
런 단어를 떠올렸다. 그는 푸른 달을 지루한 줄 모르고 바라
보았다. 아아, 이와 똑같은 일이, 완전히 똑같은 일이, 그때도
나는 여기 이렇게 서 있었다. 구름 모양도 달 모양도 이것과
빼닮았다. 어느것 하나 추호도 다르지 않다. 그뿐 아니라, 그
때도 이렇게 생각했었다. 지금과 똑같은 것을 생각한 것이
다. 멀고 희미한 깊은 굴 속 같은 옛날에도 현재와 거의 동일
한, 꼭 빼닮아 겹쳐지는 추호도 틀리지 않는 사건이 일찍이
있었다……막연히, 그는 순간적으로 그렇게 생각했다……
언제였을까……어디서였을까……

하늘을 온통 뜀박질하는 조각구름은 가까스로 달을, 은백
의 두개골을 삼키려 하고 있다.

"이제 닫아도 돼요?"

아내는 추운 듯 그렇게 말했다.

그는 그 말에 비로소 정신을 차렸는지, 손을 씻으려고 몸
을 내밀었다. 그 순간이었다.

"앗, 큰일이다!"

"네?"

"개!"

"개?"

그는 그 자리에서 재빨리 문단속에 사용하는 대막대기를 집어들자, 힘껏 그걸 마당 입구 쪽으로 내던졌다. 그의 눈에는 공중제비를 하는 댓조각으로부터 몸을 피하다, 갑자기 그걸 향해 뛰어올라 댓조각을 입에 문 채 쏜살같이 달아나는 흰 개가 똑똑히 보였다. 꼬리를 가랑이 사이에 힘껏 끼우고 귀를 뒤로 바싹 붙여 댓조각을 물고 있는 입에서는 하얀 어금니가 드러나 침을 질질 흘리며 그의 집 앞길을 줄행랑쳐 간다. 달빛을 받아 털이 부숭부숭한 커다란 은색 삽살개, 그 휘감길 듯이 재빠른 발, 그것이 어지럽게 그의 눈에 보인다. 그것은 오젠지(王禪寺)라는 산속 외딴 절의 개였다. 그 모양을 명확하고 세밀하게 일순간에 그는 알아볼 수 있었다.

"미친개!"

그는 자신의 개들 이름을 허둥지둥 불렀다. 계속해서 불렀다. 근처에는 없는지 개들은 그의 목소리에 응답하지 않았다. 아내는 무슨 일이 생겼는지 전혀 알 수 없었다. 그러나 남편이 그렇게 하는 대로 그의 아내도 소리를 합해 개이름을 불렀다. 그 새된 목소리가 언덕에 메아리쳤다. 일곱, 여덟

번을 부르자, 무거운 쇠사슬 소리가 나더니 개들은 두 마리 모두 동시에 아주 느릿느릿 나타났다. 그리고 사슬을 철그럭철그럭거리며 몸을 떨고 주인이 갑작스레 부르는 것을 의아하게 생각하면서도, 그들은 꼬리가 찢어질 듯 요란하게 흔들고 코를 쿵쿵거렸다.

달은 구름 속에 삼켜져 버렸다.

그는 아내 손에서 촛대를 받아들자마자, 그것을 개들 쪽으로 내밀었는데 금방 바람에 날려 꺼졌다. 곧 램프에 불을 다시 켜고 보았지만 그의 개한테는 달리 아무런 이상이 없는 것 같았다.

"아아, 깜짝 놀랐다. 난 우리 개가 미친개에게 물렸나 했어."

그는 잠자리에 들어와서 아내에게 방금 본 바를 자세히 설명했다. 그의 아내는 처음부터 그것을 부정했다. 아무리 밝다 한들 달빛으로 그렇게 똑똑히 보일 리가 없다. 게다가 오젠지의 개는 과연 미친개가 되었다, 하지만 벌써 일주일이나 열흘 전에 그 때문에 도살되었다. 그때, 오키누가,

"그러니까 댁의 개도 조심하세요."

라고 했다. 그 일은 그때 그녀가 직접 그에게 말했을 터였다. ─ 아내는 조리있게 타이르듯 그에게 설명하는 것이다. 그러나 그는 오젠지의 개가 미쳤다는 얘기 같은 건 들은 적

이 없다고 생각한다.

"개의 유령이 들판을 그렇듯 내달리고 있었던 거다. 그리고 그런 영적인 것은, 내게만 보이는 거다……" ……우울의 세계, 신음의 세계, 영혼이 방황하는 세계. 내 눈은 그런 세계를 위해 만들어진 걸까―우울한 방의 우울한 창이 우울한 폐원 쪽으로 열려져 있다. 그는 그런 식으로 생각했다. 내가 지금 살고 있는 곳, 여기는 이미 삶의 세계가 아니며 그렇다고 해서 죽음의 세계도 아닌 그 둘 사이에 있는 어떤 유명(幽冥)의 세계가 아닌가. 나는 산 채로 죽음의 세계를 방황하고 있는 것일까……단테는 육체를 지닌 채 천국과 지옥을 왕래했다고 한다면……. 적어도, 적어도 내가 지금 서 있는 곳은 사멸을 그 밑바닥에 두고 그쪽으로 눈에 띄게 기울어져 가는 언덕길이다.……

*

그 다음날―비오는 달밤 다음날은 오랜만에 쾌청한 날씨였다. 하늘과 땅이 오늘 아침 소생한 것 같았다. 삼라만상은 오래 비 내리는 동안 어느새 벌써 깊은 가을로 바뀌어 있었다. 벼이삭에 내리쬐는 햇살도, 미풍도, 하늘도, 거기에 단 한 줄 실낱같이 떠 있는 구름도, 그것은 저절로 여름과는 달라졌다. 모든 것이 투명해지고 여러 가지 색 유리로 짜 낸 풍경처럼 그에게 보였다. 그는 그것을 온몸으로 느꼈다. 그는 깊은 호흡을 했다. 차갑고 깨끗한 공기가 그의 폐로 곧장 들어가는 것이, 어떤 음료보다도 맛있었다. 그의 아내가 이런 아침에 매일처럼 개들을 묶어둘 수 없었던 것도 무리가 아니다. 그것은 훌륭한 조치였다. 멀리 밭 쪽에서는 그의 개가 후라테도 레오도, 뛰어다니는 걸 볼 수 있었다. 젊은 농부가 레오의 머리를 쓰다듬고 있었다. 얌전한 레오는 좋아서 그대로 가만히 있다 ― 태양에 축복받은 들판, 개, 거기에 몸을 굽히고 일하는 농부들을 그는 오랫동안 황홀하게 바라보았다. 해는 높다. 이 경치를 보기 위해, 어째서 좀더 일찍 잠에서 깨어나지 못했을까 하고 그는 생각했다. 마루에서 내려와 세수하려고 마당을 지나는데, 어젯밤 흰 개가 물고 갔을 댓조각이 싸리 밑둥치에 버려져 있었다. 그는 자기도 모르게 쓴웃음을 지었다. 그것은 그러나, 오히려 유쾌한 웃음이었다.

우물가에는 떨어진 쌀을 주우려고 ― 아내가 일부러 쓸데없이 흘려 주었을지도 모른다고 그는 생각했다 ― 참새가 내려와 있었다. 지금까지 이 근처에서 좀처럼 본 적이 없을 만큼 많이 삼, 사십여 마리 무리지어 있었다. 그의 발소리에 놀라 일시에 날아오르며 가까운 나뭇가지 위로 도망쳤다. 굳이 도망가지 않아도 될 텐데. 그 감나무 가지에는 참새와 그 밖에 이름도 알 수 없는 하얀 얼굴의 작은 새도 있었다. 그때 그는 새에게 설교한 성(聖)프란체스코를 떠올렸다. 그의 집 처마끝에서 피어오르는 아침 연기가 빛을 받아 자주빛 엷은 비단처럼 감나뭇가지에 휘감겼다. 호되게 비를 맞아 결국 피지 않고 있던 장미가 오늘 아침은 다시 여기저기 피어 있다. 거미줄은 햇살을 반사하는 이슬에 조명되고 있었다. 장미잎에서 떨어진 이슬은 구르면서 반짝거리고 거미줄에 걸리자, 어찌해 볼 도리 없는 순간적 보석의 무게로 그물이 휘청 흔들린다, 이슬은 실을 따라 낮은 쪽으로 달려갔다가 번쩍 빛나며 풀 위에 떨어진다. 이처럼 그리 대수로울 것 없는 아름다움을 그는 신선한 감정으로 지켜볼 수가 있었다.

물을 퍼올리려고 두레박을 들어올리다 문득 아래를 들여다보니, 거기엔 끝없는 창공을 직경 석 자(尺)되는 원으로 가르고 깊이가 보이지 않는 유리를 잔잔히 깔아, 우물물은 그 자신이 마치 내부로부터 투명하게 빛을 내고 있는 듯했다. 그는 두레박을 떨어뜨리는 손을 주저하지 않을 수 없다. 그걸 들여다보고 있는 동안에 그의 기분은 우물물처럼 고요해졌다. 퍼올린 물은 오히려 매일 계속되는 비에 흐려져 있었지만, 그의 조용한 기분이 그것쯤은 충분히 용서해 주었다.

아내가 준비한 식탁에 앉았을 때, 그의 마음은 평화로웠다. 식탁에는 아내가 일전에 도쿄에서 가져온 색다른 음식이 있었다. 화로 위에는 쇠주전자가 끓고 있었다. 그리고 우울한 기분은 아내가 말한 대로 나쁜 날씨 탓이다―라고 그는 생각했다. 그는 젓가락을 집어들려다 문득, 아까 우물가에서 본 어느 장미 꽃봉오리가 생각났다.

"이봐, 그거 보지 못했나? 오늘 아침 꽤 좋은 꽃이 피었던 걸. 내 꽃 말야. 아주 조금 피기 시작했는데, 붉은색이 이번 것은 상당히 깊고 차분한 빛깔이야."

"네. 봤어요. 한가운데 높이 핀 그거 말예요?"

"그래. ―莖獨秀當庭心(중국 시인 儲光義의 「장미편」의 한 구절, 한 줄기의 장미가 특히 빼어나 정원의 중심을 이룬다는 뜻―역주)이지."

그러고 나서 그는 혼잣말을 했다. "新花對白日(중국 시인 謝朓의 「장미시」의 한 구절, 한낮 햇살 속에 새로 꽃피어 빛난다라는 뜻―역주)인가. 아니, 한낮은 이상해. 어쨌든 계절과 동떨어졌어…"

"겨우 9월에 피기 시작한 걸요."

"어때, 그걸 여기 꺾어 오지 않겠나?"

"네. 꺾어 오죠."

"그리고, 여기 두는 거야." 그는 둥근 식탁 가운데를 손가락으로 콩콩 두드리며 말했다.

아내는 곧 일어나더니, 우선 하얀 식탁보를 들고 나타났다.

"그럼 이걸 깔죠."

"거 좋은데. 호오! 빨아 놨었군."

"더러워지면 이 비에 세탁도 할 수 없을 테니까 치워놨
죠."

"멋지군! 꽃을 진수성찬으로 향연을 벌이는 거야."

즐거운 듯한 그의 웃음을 들으며, 아내는 꽃을 꺾으러 나
갔다.

그녀는 꽃을 가득 담은 컵을 가지고 금방 돌아왔다. 다소
연극적이라고 보여지는 부자연한 모습으로, 그녀는 그걸 높
이 들고 서둘러 들어왔다. 그것이 그에겐 묘하게 불쾌했다.
그 자신이 나쁜 사람으로 풍자되고 있는 듯이 느꼈다. 그는
내키지 않는 소리로 말했다.

"야아, 많이도 꺾어 왔군."

"네, 있는 대로. 전부예요!"

그렇게 대답한 아내는 득의양양했다. 그것이 그에게는 무
시무시했다. 말의 의미가 통하지 않는 것이.

"어째서? 나는 하나로 충분하다구."

"하지만 그렇게 말 안 하셨잖아요."

"많이라고도 했던가……? 그것 봐. 나는 하나로 충분한
거야."

"그럼 나머지는 버리고 올까요?"

"됐어. 일부러 꺾어 온 건데. 괜찮아, 거기 둬.……아니? 도대체 넌—내가 말한 건 꺾어오지 않았군."

"어머, 말한 거든 말하지 않은 거든, 이것 밖에 없어요! 거기엔."

"그런가. 나는 안쪽에 약간 하늘색을 띤 빨간 꽃봉오리가 있다고 생각했는데. 그걸 하나만 원했던 거야."

"그렇게까지. 안쪽에 하늘색을 띠고 있다니, 그런 까다로운 건 없어요. 그건 틀림없이 하늘의 색이라도 반사하고 있었던 거겠죠."

"과연, 그래서……?"

"어머, 그렇게 무서운 얼굴 하지 마세요. 제가 나빴다면 미안해요. 전 또 많을수록 좋다고 생각했으니까……"

"그렇게 간단히 사과하지 않아도 돼. 그보다 내가 말하는 걸 이해해 주었으면 해.……단 하나. 그 꽃봉오리 하나가 꽃이 될 때까지 바로 가까이 양지 쪽에 두기도 하면서, 나는 가만히 지켜보고 싶었던 거야. 하나를 말야! 나머지는 가지 위에 있으면 돼."

"그렇지만 당신은 넉넉한 걸 좋아하지 않았어요?"

"시시한 게 가득하기보다 정말로 좋은 것 단 하나. 그게 진짜 넉넉함이지." 그는 자신의 말을 스스로 음미하듯 진지하게 말했다.

"자, 어서 기분을 푸세요. 모처럼 이렇게 좋은 아침인데……"

"그래. 그러니까, 모처럼 좋은 아침이니까 나는 이런 일이 생기면 불쾌한 거야."

그러나, 그는 이렇게 말하면서도 아내가 점점 가엾어진다. 그리고 스스로 자신의 멋대로 구는 행동을 눈치채고 있었다. 아내의 집게손가락은 장미가시에 찔린 걸까, 피가 나 있다. 그것이 그의 눈에 띄었다. 그러나 그런 심정을 아내에게 전해 줄 말이 그의 성질상, 입에서 나오지 않았다. 오히려 그런 심정이 알려지지 않게 하려고 가린다. 게다가 어디서 불쾌한 말을 그만두어야 할지 알 수 없다. 그것이 더욱 그를 초조하게 한다. 그는 애써 입을 다물었다. 그리고 꽃이 담긴 컵을 집어들었다. 처음엔 그것을 눈 높이로 들어올려 컵을 비추어 보았다. 초록 이파리가 물에 적셔져 한층 푸르다. 이파리 뒷면이 군데군데 은색으로 빛난다. 그 뒤로 불그스름한 가시도 보인다. 컵의 두꺼운 밑바닥이 수정처럼 차갑게 빛난다. 작은 컵의 작은 세계는 초록과 은색의 청명한 가을이다.

그는 컵을 눈 아래에 두었다. 그리고 하나 하나의 꽃을 자세히 들여다보았다. 거기에 있는 꽃은 꽃잎도 꽃도 불행하게도 모두 벌레먹어 있었다. 온전한 것은 하나도 없었다. 그것이 다소 가라앉기 시작한 그의 마음을 흐트려 놓았다.

"어떤가, 이 꽃은! 좀더 음미하다 꺾어오면 좋았을 텐데. 흠, 모두 벌레먹었어."

그는 얼결에 내뱉듯이 그렇게 말해버리고는 다시 아내가 불쌍해졌다. 갑자기 그중 가장 예쁜 꽃봉오리를 하나 빼내어, 그는 부드러운 어조로,

"아아, 이거야. 내가 말한 꽃봉오리는. 그게 여기 있었군! 여기 있었어!"

그의 말 속에는 그 말로 자신을 누그러뜨리고 아내의 기분도 풀게 하려는 속셈이 있었다. 그러나 아내는 대답하려 않고, 말없이 그녀 자신의 밥을 그릇에 담고 있었다. 그는 곁눈으로 쏘아보며, 아내의 이마를 훔쳐 보았다. 이 컵을 저기, 이마 위에다 내동댕이친다면. 아니, 안 돼. 애당초 내가 제멋대로 군거야. 그는 하는 수 없이 쓸쓸하고 안타까운 마음으로, 집어든 꽃봉오리를 눈앞에 갖다 대고 바라보기 시작했다.……아직 단단한 꽃봉오리는 부풀어 오른 허리께에 바늘만한 구멍이 있었다. 그것은 몇 겹이고 몇 겹이고 겹쳐진 꽃봉오리의 빨간 꽃잎을 희고 작게, 깊게 꽃술까지 꿰뚫고 패여 있었다. 말할 것도 없이 이건 벌레의 짓이다. 그는 께름칙하게 눈썹을 찡그리면서 더 한층 꽃봉오리를 들여다보았다.

퍼뜩 정신이 들어, 그는 그걸 떨어뜨렸다.

그 손으로 재빨리 끓고 있는 쇠주전자를 내렸는데, 다시 꽃봉오리를 집어들자 곧바로 불속으로 내던졌다. ─ 꽃잎은 지지지 소리내며 탄다……. 확 일어난 진홍빛 숯불을 본 순간,

"야!"

그는 자기도 모르게 소리칠 뻔했다. 자리에서 일어날 뻔했다. 그걸 그는 겨우 참았다 ─ 여기서 벌떡 일어나기라도 한다면, 나는 벌써 광인이다! 그렇게 생각하면서 그는 다시 재빨리 그러나 되도록 침착하게, 화로에서 타고 있는 꽃봉오리를 부젓가락 끝으로 집어 올려, 곁의 숯바구니 속에 내던졌다. 그리고 난 다음 그는 헌데, 하고 화로의 재 속을 주저주저 들여다보니 거기엔 아무것도 없다. 방금 있었던 듯한 것은 아무것도 없다. 깜짝 놀라 소리칠 만한 건 아무것도 없다. 그는 재 속을 이리저리 헤쳐 보았다. 아무것도 나오지 않았다. 물에 떨어뜨린 석유보다 더 빠르게 재 위로 온통 확, 새파랗게 퍼졌다!라고 그기 본 것은, 그긴 다만 극히 일순간의 어떤 환상이었으리라.

그는 숯바구니에서 다시 한 번 꽃봉오리를 집어 냈다. 부젓가락에 집힌 꽃봉오리는 타는 불 때문에 색이 바래져, 거기에 새까만 숯가루가 잔뜩 묻어 있었다. 그리고 그 줄기를 그는 다시 음미했다. 거기 그가 처음 보았을 때처럼 그의 손

가락 움직임을 따라 떨고 있는 줄기 위에는, 꽃받침에서부터 벌레먹은 단 두 장의 이파리까지, 무슨 벌레일까 ― 줄기색과 똑같이 푸르고 너무도 미세한 벌레, 그 모형의 환영으로 나타난 거리의 돌담만큼이나 꼼꼼하게 쌓아 올려진 벌레들이 줄기 표면을 가득, 무수히 바늘 끝 정도의 틈도 없이 뒤덮고 있는 것이었다. 재 표면을 온통 푸르게 그것이 퍼졌다고 본 것은 환상이었지만, 이 줄기를 뒤덮은 벌레의 군집은 환상이 아니었다 ― 빽빽이, 새파랗게, 무수히, 무수히……

"오오, 장미, 그대 병들도다!"

그때 문득, 그의 귀가 들었다. 그것은 그 자신의 입에서 나왔다. 그러나 그의 귀에는 자기 아닌 누군가의 목소리로 들렸다. 그 자신이 아닌 무엇인가가 그의 입으로 말하게 했다고밖에 생각되지 않았다. 그것은 누군가의 시의 한 구절이다. 그것을 누군가 책표지나 어딘가에 인용해 둔 것을 외우고 있었던 거겠지.

그는 되도록 마음을 진정시키려고 애쓰면서, 그 수단으로 눈앞의 아직 엎어놓은 채인 밥그릇을 들고 그걸 조용히 아내 쪽으로 내밀었다. 그 손을 앞으로 내뻗는 찰나,

"오오, 장미, 그대 병들도다!"

돌연, 의미도 없이 또 그 구절이 입 밖으로 나온다.

그는 겨우 한 그릇만으로 아침식사를 끝냈다.

아내는 훌쩍훌쩍 울고 있었다. "아아! 또 시작이야" 하고
마음속으로 남편에 대해 중얼거리면서. 그리고 식탁을 치우
며 그 꽃 컵을 집어들었는데, 그렇다고 그걸 어떻게 할지 머
뭇거리고 있었다. 벌레먹고 타 버린 꽃봉오리는 그가 무의식
중에 손으로 집어뜯은 거겠지 ― 화로에 얹어놓은 판자 위에
산산이 찢겨져 빨갛게 흐트러져 있었다. 그는 그걸 안 보는
척 보면서 마당으로 내려가기 위해 한쪽 발을 툇마루에서
내리딛는다. 그러자 그 순간,

"오오, 장미, 그대 병들도다!"

페어리랜드의 언덕은 오늘은 짙푸른 하늘에 여자 허리 같
은 선을 한층 또렷이 나타내고, 아름다운 구름이 언덕배기에
작게 솟아, 끝이 퍼지게 울창한 나뭇가지에서 너무도 가볍게
떠오른다. 노르스름한 적갈색이 울고 싶을 만치 아름답다.
언젠가 하루 새 자주빛으로 변한 흙색깔은 그 초록 세로줄
을 더욱 돋보이게 한다. 게다가 오늘은 줄무늬에 검은 실그
림자가 엉키고 있다. 그 언덕이 오늘 유달리 그의 시선을 끌
어당긴다.

"나는 결국 저기서 목을 매지는 않을까? 저기서 뭔가가
날 부르고 있다."

"바보같이. 엉뚱하게 그런 쓸데없는 암시를 걸진 마."

"우울하게 끝내지 말았으면 좋겠는데."

그의 공상은 그의 한쪽 손을 불쑥 들어 올린다. 지금 저 언덕의 눈에 보이지 않는 나뭇가지 위에, 눈에 보이지 않는 끈을 던져 걸기라도 하듯……

"오오, 장미, 그대 병들도다!"

우물물은 아침 그대로 조용히 둥글게 채워져 있다. 거기에 그의 얼굴이 비친다. 병든 감나무 잎이 한 장, 팔랑거리며 춤추듯 떨어져 그 위에 뜬다. 그 가벼운 일점으로 둥근 파문이 가득 조용히 퍼져 우물물이 흔들린다. 그리곤 다시 원래의 고요함으로 돌아온다. 너무나 고요하다. 끝없이 고요하다.

"오오, 장미, 그대 병들도다!"

장미숲에는 이제 꽃은 하나도 없다. 다만 이파리뿐이다. 그것조차 모두 벌레먹었다. 문득 눈에 띄기에 무심코 보니, 아내는 오늘 아침 꽃을 담은 컵을 부엌의 어두운 한쪽 구석, 선반 한쪽 끝에 오도카니 쓸쓸히, 빨갛게, 감추듯 놓아 두었다. 그것이 그의 눈을 쏜다.

"너는 어째서 하찮은 일에 화를 내는 거냐. 넌 인생을 장난감으로 안다. 무서운 일이야……. 넌 인내를 몰라."

"오오, 장미, 그대 병들도다!"

뒤쪽 대나무 숲 가지에 칡이파리가 엉켜, 별로 바람도 없는데 유독 한 잎만이 이상할 정도로 연신 하늘하늘 좌우로 흔들리고 있다. 그리고 그럴 때마다 이파리 뒷면이 희게 빛난다─그걸 물끄러미 응시하고 있어도……. 그를 발견한 개들이 서둘러 들판에서 달려와 양쪽에서 매달린다. 그걸 피하려고 몸을 비켜도……. 어느 나뭇가지에서 때까치가 찌르듯 날카롭게 울기 시작해도……, 철새떼가 흩어져 내리듯 눈부신 노을을 어지럽게 날아 다니는 걸 쳐다봐도……, 밝은 저녁 하늘의 감청색을 올려다 봐도……, 저편 언덕 기슭의 집에서 저녁연기가 가늘게 흔들리지도 않고 조용히 피어 오르는 걸 봐도……

"오오, 장미, 그대 병들도다!"

말이 언제까지나 그를 뒤쫓는다. 그건 그의 입으로 하는 거지만, 그의 목소리가 아니다. 그 누군가의 목소리를 그의 귀가 듣는다. 그렇지 않으면 그의 귀가 들은 누군가의 목소리를 그의 입이 곧바로 흉내내는 것이다.─하루 내내 그는 말 한마디 않고 있었는데도

개들은 소리를 맞춰 짖고 있다. 자신의 메아리에 겁먹고 개들은 한층 세차게 짖는다. 메아리는 더욱 커진다. 개는 더 요란하게 짖는다……그의 심정이 개 짖는 소리가 되고 개 짖는 소리가 그의 심정이 된다. 어두운 부엌에는 아내가 아궁이에 불을 지핀다. 아내가 도쿄로 돌아가고 싶어하는 기분은, 분명 이런 때에 저기서 키워질 게 틀림없다. 어딜 갔다온 고양이가 저녁밥 재촉을 하며 계속해서 운다. 불이 확 피어

오르자, 아내 얼굴은 반쯤 새빨갛게, 추하게 떠오른다. 그 부엌 한쪽 구석에는 장미컵이 어둠 속에서 불쑥 떠오른다. 장미는, 벌레먹은 장미는 연기 속에 있다!

그는 램프에 불을 붙이려고 성냥을 켠다, 확 하고 주위가 밝아진 찰나,

"오오, 장미, 그대 병들도다!"

그는 램프심으로 성냥을 가져가는 걸 잊어버리고 그 소리에 귀 기울인다. 성냥개비가 다 타 버리자, 잠깐 빨간 선이 되었다가 곧 힘없이 꺼져 버린다. 검은 성냥개비가 톡 하고 다다미 위에 떨어진다. 이 집의 공기는 우울해지고 습기차고 썩어 버려, 램프에 불이 붙지 않게 된 건 아닐까. 그는 다시 성냥을 켠다.

"오오, 장미, 그대 병들도다!"

몇 개를 잇달아 켜 보아도

"오오, 장미, 그대 병들도다!"

그 목소리는 도대체 어디서 오는 것일까. 천계(天啓)일까. 예언일까. 어쨌든 그 말이 그를 뒤쫓는다. 끝없이 끝없이……

改作『전원의 우울』 후기

『전원의 우울』 작가 자신이 그 개작을 거의 끝낸 밤에, 마지막으로 자신과 독자를 위해 쓴다.

이 책 모두(冒頭) 이하 5장은 지금으로부터 꼭 3년 전 5월에 써서 같은 6월, 잡지 『黑潮』에 「병든 장미」라는 제목으로 게재되었다. 이 부분은 같은 해 12월에 거의 개작했다. 따로 그해 9월에 쓴 「속(續) 병든 장미」 약 50매가 있다. 이것은 전부터의 약속이었음에도 불구하고, 잡지 『黑潮』의 편집자로부터 수록을 거절당했다. 그 원고를 나는 파기해 버렸다. 따라서 이 책에는 그것이 실려 있지 않다. 그건 물론 아까워할 게 못 된다. 제6절 이하, 즉 이 책의 대부분은 작년 2월과 3월의 작품이다. 여기에는 발표되지 않은 원고 「속 병든 장미」에 쓴 것과 동일한 소재도 섞여 있다. 그러나 전부 새로 쓴 것이다. 같은 작년 9월, 잡지 『中外』에 『전원의 우울』로 게재된 것이 그것이다. 불충분한 작품이라는 이유로 나는 그

때까지 발표를 주저했던 것이다. 당시 서점 덴유샤(天佑社)가 나의 제1저작집을 출판할 계획이 있어, 그 분량의 사정상 이것을 거기에 수록하고 싶다고 했다. 그 저작집 『병든 장미』에는 개작된 『병든 장미』가 『전원의 우울』과 하나로 묶여져, 『「병든 장미」 혹은 「전원의 우울」』이라는 두 개의 제목을 가지고 미완의 원고라 예고한 채로 수록했다. 최근 3, 4월, 나는 그 작품에 매달려 우선 상당히 많은 오자, 탈자를 정정하는 한편, 따로 약 2만 2천 자를 보태었다. 두 개의 새로운 장을 만들었다. 그것은 거의 각 페이지에 걸친 증보 혹은 단순한 글자의 수정이며, 그러나 보다 많은 구석을 좀더 적확하고 자세한 묘사와, 내용면에서 리듬의 조정을 기하려 노력했다. 게다가 지금 보니까 처음부터 잘못 쓰여진 것들이 있어서, 한 번 불완전하게 표현되고 만 것은 이제 와서 어떻게 할 수도 없었다. 부족하게 쓰여진 부분이 아니라, 오히려 제대로 쓰여진 부분에서 작가로서 거의 참기 어려운 심정을 불러일으키는 데는, 자신을 그저 형편없이 부끄럽게 할 뿐이었다. 모두부터 50페이지 정도는 (앞에서 언급한 대로 제일 먼저 쓰여진 부분인데) 가장 대표적인 예다. 그런 부분을 나는 그냥 그대로 두었다. 그걸 고치는 일은 전혀 무의미하니까. 그것은 불완전하나마, 우스꽝스러우나마 그 자체가 그대로 지닌 어떤 유기적인 조직을 함부로 망가뜨릴 뿐으로, 그걸 고침으로써 어쩌면 겉보기에 좋은 모습으로 만드는 대신, 거기에 맥박치고 있는 어떤 것을 손상시키기 십상이다. 그건 결코 예술에 충실한 게 못 된다. 보다 충실한 자는 이 경우 오히려 전부를 말살하는 것과 똑같은 의미로, 전부를 그대로 살려둘 것이다.

『전원의 우울』 및 『병든 장미』는 둘 다, 나의 외적인 사정 때문에 너무나 미완인 채로 게다가 단편적으로 발표된 것이어서, 나는 처음에 차라리 이걸 얼마간이라도 완전히 개작해보려고도 생각했지만, 일단 쓴 것을 들쑤시는 일은 — 그것의 가부(可否)와는 별도로 — 새삼스럽긴 하지만 거의 예상 외로 나에게는 불가능하며 불쾌한 작업이기도 했다. 그렇게 절감했을 때, 나는 가능한 한 즉시 펜을 내던졌다. 나는 이제 더 이상 불쾌감을 견디고 싶지 않았으니까. 내가 처음엔 한층 면목을 일변시킬지도 모를 정도의 개작을 의도했으면서 굳이 그걸 마음껏 수행하지 않은 까닭이다. 그리하여 이 책, 개작 『「전원의 우울」 혹은 「병든 장미」』가 태어났다. 언제나 두 개의 이름을 짊어진 이 작품은 늘 불완전하고 누더기 같다. 그렇지만 아직은 개작해서 좋아졌다(?)라고, 작가는 불안한 자신감을 가지고 그렇게 생각한다. 하지만 다른 사람들이 그걸 보고 헛수고였다라거나, 또 까닭 없이 과거의 작품에 연연해 하는 사람으로 비웃지만 않는다면 다행이다. 어쨌든 작가는 이후, 이 책으로서 결정판이라 하련다! 『「병든 장미」
혹은 「전원의 우울」』은 만약 사정이 허락되었다면, 첫 기회
에 이 정도로 정리해서 발표하는 것이 바람직했다. 그것이
작가의 당초 계획이기도 했다.

　잡지 『中外』에 게재된 『전원의 우울』이 미완 원고인 채
로 비교적 세상에 알려지고, 또 문단인사들의 일별을 얻은
것은, 나이 어린 무명의 작가에게 뜻밖의 영광이었다고 말하
지 않을 수 없다. 하지만 동시에, 스스로 돌아보건대, 그것이
여러 가지 사정에서 또한 여러 가지 의미에서 참으로 숨가
쁘게 허덕거리며 창작된 거라, 마음껏 그것을 완성할 기회를
놓쳐, 스스로 가깝게 체험하고 또 비교적 오래 마음에 남은
작품으로서, 그 어떤 세계 —그건 말할 필요없이 보잘것없
는 그러나 거기에 잠시 내가 살지 않으면 안 되었던 곳, 어
떤 세계의 분위기가 이 작품에서 재현되었을 때는, 한심할
정도로 희박하고 알맹이 없는 것이 되어 있음을 느낀다. 나
의 Anatomy of Hypochondria(우울증의 해부—역주)는 결코
잘된 작품은 못 된다. 그리고 어느 정도 증보된 지금도 여전
히 그렇다. 게다가 지금은 이제 더 이상 그걸 어떻게 해 볼
기분도 될 수 없음을, 변명 같지만 다소 유감스럽게 생각한
다. 이 책이 (장황하게 그만 작가 개인의 소감까지 피력해 버린 김
에, 좀더 약간의 쑥스러움을 무릅쓰고 계속 쓴다면) 조만간 새로

원고를 준비하고 있는 『도시의 우울』이 어쩌면 작가 자신
만족할 만큼 쓰여졌을 경우, 그때에 그것의 미력한 반주(伴
奏)로서 그리 방해가 안 되는 자매편으로서나마, 적어도 도
움이 되어 주었으면 좋겠다고 나는 바란다.

1919년 5월 1일

사토 하루오

저자 / 사토 하루오(佐藤春夫, 1892~1964)

와카야마현(和歌山縣) 출생

1910년 게이오(慶応)대학 예과 문학부 입학, 5년 후 퇴학
      이후, 소설 외에 왕성한 시작 및 평론활동을 펼침

1948년 예술원 회원에 추대됨

1960년 문화훈장을 받음

1964년 심근경색으로 자택에서 타계(73세)

작품 : 시집으로 『殉情詩集』 『佐藤春夫全詩集』
      소설 「도시의 우울」 「晶子曼陀羅」 외에 『自選佐藤春夫
        全集』(전10권)
      평론 「SACRILEGE」 『佐藤春夫文藝論集』 등

역자 / 유숙자

경북 안동 출생

계명대학교 일어일문학과, 동 대학원 졸업

일본 도쿄(東京)대학 대학원 인문사회계 연구과(국어국문학
  전공)에서 연구과정 수학

고려대학교 대학원 국어국문학과(한·일 비교문학 전공)에서
  박사학위 취득

현재 고려대학교 강사

논문 : 「염상섭과 아리시마 다케오(有島武郎)」
      「1945년 이후 在日한국인 소설에 나타난 민족적 정체성
        연구」
      「李良枝의 소설 「각(刻)」에 나타난 在日性 연구」

번역 : 다자이 오사무(太宰治)의 『만년(晩年)』

한림신서 일본현대문학대표작선을 발간하면서

한림대학교 한림과학원 일본학연구소에서는 1995년에 광복 50년, 한일국교 정상화 30년을 기념하면서 일본학총서를 출간하기 시작했다. 그 성과에 대해서 한일 양국의 뜻있는 분들이 높이 평가해 주신 데 깊은 사의를 표한다.

본 연구소는 한국이 일본을 더욱 잘 알게 되고, 한일간의 문화교류가 활발해진다는 것이 한일 양국을 위하는 것일 뿐 아니라 21세기를 향한 동북아시아의 평화와 새로운 질서를 수립하는 데 크게 이바지한다고 생각한다. 그런 뜻에서 일본학총서도 발간해 왔던 것이다. 앞으로도 그 사업을 계속할 것이며 연륜을 더해감에 따라 큰 발자취를 남기게 될 것을 의심하지 않는다.

그런 확신을 가지고 지금까지 일본학총서 발간에 보내 주신 한일 양국 여러분의 성원에 보답하는 의미에서 여기에 새로이 한림신서 일본현대문학대표작선을 발간하기로 했다. 일본 문학은 이미 세계 문학사에서 확고한 자리를 차지하고 있다.

일본은 전통적으로 문학 속에 사상을 담아 왔기 때문에 일본 사회를 알기 위해서는 일본 문학을 알아야 한다고들 흔히 말한다. 그럼에도 불구하고 지금까지 상업성을 위주로 하는 일반적인 출판사업에서는 일본 문학의 선모를 알리기에는 어려운 사정이 많았던 것이 사실이다. 그러므로 본 연구소는 일본을 바로 이해하기 위하여, 한일간의 문화교류를 더욱 촉진하기 위하여 여기에 일본현대문학대표작선을 간행하기로 했다.

이러한 노력이 우리 문화발전에도 크게 이바지할 수 있기를 바라면서 일본에서도 한국 문화를 일본에 알리기 위한 노력이 일어나서 한일간에 새로운 세기를 좀더 밝게 전망할 수 있게 되기를 바란다.

여러분들의 계속적인 성원을 기대해 마지 않는다.

1997년 11월
한림대학교 한림과학원 일본학연구소